「まあ、この島の中でしか使えないスキルなんだけどね」
<セディー>
<ポルック>
りました!
びに来ること。
アグレードアップできます。
JN050529

<リン>
<ルールー>
無人島だったガンダルシア島にすてきな住人が
みんなが助け合って幸せにくらしていける理想
僕のアイランド・ツクールはまだ始まったば

<ウーパー>
ていく。
目指す——

「ど、どういうことなの!?
これが魔法!?」
<ユージェニー>
小屋のグレードアップが可能に
条件：心を許した親しい友人か
『古い小屋』を『小さなコテー
必要ポイント：5

アイランド・ツクール
ISLAND MAKER
<ギアン

ャルロット>
<ノワルド>

アイランド・ツクール
1
ISLAND MAKER
転生したらスローライフ系のゲームでした。のんびり島を育てます
長野文三郎 ◆ ill. syow

contents

Chapter1	ガンダルシア島	…009
Event1	チュートリアル	…025
Chapter2	はじめの一歩	…031
Event2	お月見	…071
Chapter3	娘ができた!?	…077
Event3	紅葉狩り	…138
Chapter4	錬金術	…143
Event4	魚釣り大会	…173
Chapter5	さすらいの料理人	…179
Event5	年越しのツリー	…216
Chapter6	すてきなオーベルジュ	…223
Event6	新年をカレーで祝う	…268
Chapter7	新しい名産品	…275
Side	そのころアレクセイ・ダンテスの屋敷では	…293
ガンダルシア島ステータス		…296
あとがき		…298

Chapter1
ガンダルシア島

Tips

四季折々の花が咲き乱れ、
作物は豊かに実り、
妖精や人々が助け合いながら
幸せに暮らしている、
それがガンダルシアです。

天蓋付きの広いベッドで目覚めると、窓の外からパンの焼けるいい匂いが漂ってきた。そろそろ朝食の時間なのだろう。

ダンテス伯爵家では、専門のパン職人が屋敷のなかで毎朝パンを焼く。特別な粉を使ったこのパンは香り高く、他ではちょっと食べられないくらい美味しい。

「おはようございます、セディー様。朝のお支度をお持ちしました」

二人のメイドが洗面器や着替えを持って、にこやかに部屋へ入ってきた。

「うん、ありがとう」

眠い目をこすりながら顔を洗い、しわひとつない純白のシャツに袖を通した。そこへ別の使用人がやってくる。

「おはようございます。朝食の準備が整いました」

「うん、ありがとう」

「朝食にはセディー坊ちゃまの好きなサクランボがございますよ」

「今年の初物だね。楽しみだなあ」

今日も単調ながら何一つ不自由のない一日が始まるのだろう。それが、伯爵家の三男に与えられた……、おや、また誰かがやってきたぞ。

ずいぶんと急いでいる様子だな。足音を立てて廊下を走る使用人はめったにいない。そんなことをすれば厳格な父の雷が落ちるからだ。それにもかかわらず高い靴音が通路から響いてくる。それくらい急用なのかな？

「セディー様、大変でございます！　伯爵が！　伯爵が事故に遭われて、お亡くなりになりました！」

「はぁっ!?」

世界というのは実は微妙なバランスの下に成り立っているのかもしれない。当たり前だった日常はささいなきっかけで跡形もなく消えてしまうのだ。

それこそ、優雅な生活を送っていた十二歳の僕が、父の死が原因で屋敷から追い出されてしまったみたいにね。ほら、こんな言葉があるだろう。

祇園精舎の鐘の声　諸行無常の響きあり

まさにこういうこと。うんうん……、って、あれ？　フラッドランド王国フィンダス地方ダンテス領を治める伯爵家の僕が、なんでこんな言葉を知っているのだろう？

家庭教師に習った記憶はないぞ。ではどうして？　わからない、わからない、わからない……。

掘り下げて考えてみたかったけど、この報告に続くお葬式と遺産相続を前にした僕に、そんな余裕は微塵もなかった。

あれよ、あれよという間に父上の葬儀は終わった。喪主は長兄のアレクセイ兄さんだ。

僕には二人の兄がいる。長兄のアレクセイと次兄のポールだ。といっても、僕とはあまり接点がない。

アレクセイ兄さんとは二十歳以上も年が離れているし、ポール兄さんだって十歳以上年上だ。子どもには興味がないらしく、同じ屋敷に暮らしていても挨拶くらいしかしたことがない。

父上がお亡くなりになって三日後、アレクセイ兄さんから呼び出しを受けた。

アレクセイ兄さんは父上の書斎に座っていた。すぐ後ろには家令のセバスチャンが控えている。

どうやら伯爵の地位は兄さんが継ぐことに決まったようだ。僕は最初から蚊帳の外だったけど、気にもならなかった。爵位を継ぐなんてことは考えたこともなかったからだ。

呼ばれたのは僕の今後を話し合うためだろう。

おそらく、どこかの寄宿学校に入学して、そこで社会に出る準備をするんじゃないのかな？　貴族の次男、三男にとってはお決まりのコースだ。

住み慣れた屋敷を離れるのは不安だけど、それも仕方のないことか。

これまでは使用人に囲まれて何不自由なくやってきたけど、今後は自分のことは自分でしなければならないのだろう。僕なりに覚悟は決まっている。

ところが、アレクセイ兄さんは僕が予想もしなかったことを言いだした。

「セディー、お前はもう十三歳になったそうだな？」

「いえ、誕生日は三カ月後です」

「ふむ、まあだいたい十三歳ということだ。十三歳と言えば一人で立派にやっていける年齢だ」

兄上、どこらへんがそういう年齢なのでしょうか？　そもそもまだ十三歳じゃないし……。

僕は質問したい気持ちをぐっと飲みこんだ。とりあえず相手の話はすべて聞きなさいと躾けられている。まずはアレクセイ兄さんの言い分を拝聴しよう。

「さいわい、お前は思慮分別を備えている。家庭教師に聞いたが、学業の成績も良いそうじゃないか。つまり、立派に社会でやっていけるというわけだ」

兄さんには常識が備わっていないようですね。家庭教師は何をしてきたのでしょう？　これでは児童虐待もいいところですよ。

「アレクセイ兄さん、つまりどういうことでしょうか？」

「領地をやるからそこで暮らすといい。お前なら領主としてやっていけるだろう」

家令のセバスチャンを見たけど華麗に視線を逸らされてしまった。家令だけに華麗……。つまらないダジャレがいつもより身にこたえる十二歳の秋……。

いきなり家を追い出されるとは予想もしていなかったぞ。でも、小さな僕に味方してくれる人はいないようだ。

伯爵を継いだ兄には逆らえないもんね。可哀そうだと思っていても、みんな職を失いたくないのだろう。

僕だって兄には逆らえない。長い物には巻かれろ、ということわざもあるくらいだ。

十二の身空で、人生諦めが肝心、と悟るのもどうかと思うけど、それはそれ、少しは前向きに未来を考えよう。なにも裸で放り出されるわけじゃない。領地だってあるのだから。

「僕の領地というのはどこですか？」

「海辺の島だ。いいところらしいぞ」

ガンダルシアという小さな島が僕の領地になるらしい。

「その島はどの辺にあるのですか？」

もっと詳しく知りたかったのだけど、話は終わりとばかりに、アレクセイ兄さんは手をふった。

子どもでもわかる拒絶のポーズだ。

「すまんが午後の仕事がある。詳しい説明は誰かにしてもらえ。明朝には出発するように」

塩対応・あっさり味・スパイシー風味ですね……。兄弟の情なんて微塵も感じられないんですけど！

まあ、アレクセイ兄さんにそんなものを期待しても始まらないか……。

こうして僕は書斎から追い出され、翌日には屋敷からさえも追い出されることになってしまった。

自分で調べてみると、ガンダルシアはお隣のシンプソン領との境界にある島だった。つまり、ダンテス領の端っこで、発展の欠片もないところなのだろう。ここからだと徒歩で一日くらいの距離である。

はたしてやっていけるのかという不安もあるけど、僕は少しだけ希望も持っている。だって、ガンダルシアというのはお伽噺にでてくる理想郷と同じ名前なんだよね。

四季折々の花が咲き乱れ、作物は豊かに実り、妖精や人々が助け合いながら幸せに暮らしている、それがガンダルシアだ。

買ってもらった本には、薔薇のアーチ、たわわに実ったブドウやイチジク、楽しそうな住民たちの笑顔が描かれた挿絵がついていた。僕がもらえるガンダルシアもそんなところならいいなあ。

荷造りを終えた僕はそんな甘い夢を見ながらベッドに入った。

このベッドともお別れか……。その晩は涙が止まらなくて、夜遅くまで眠ることができなかった。

◆

いっぱいに荷物を詰めたので、小さな旅行鞄は重かった。生まれたときから住んでいたこの屋敷ともついにお別れだ。

広い玄関に立って周囲を見回す。どこもかしこも子どもの頃からの懐かしい思い出に溢れている。

「あの大きなツボ……。昔、かくれんぼに使ったことがあるなあ。あの裏に座っていたら、誰にも見つからなかったんだよね」

「ええ、ええ、そうでございました……」

乳母のメアリーが涙ぐんだ。

ここには五十人以上の人が暮らしているというのに、見送りに来てくれたのは彼女だけだった。

沈みゆく船はネズミにさえ見捨てられる、ということなんだね。でも、ちょっと世知辛すぎない？

「セディー様、みんなを責めないでくださいね。本当はお見送りに出たいのですが、アレクセイ様に禁じられてしまって」

僕が未練を残すといけないから、というのがアレクセイ兄さんの言い分らしい。

「いいんだよ、メアリー。それより、メアリーは大丈夫なの？　兄さんの言いつけを破って」

「わたくしのことは心配いりません。本当にひどい話。こんな小さなセディー様を放り出すなんて……」

メアリーは声を震わせて顔を両手で覆った。

僕は知っている。メアリーは兄さんに罰せられるにもかかわらず僕を見送りに来ているのだ。それなのに僕のことを思って……。

「僕は大丈夫だからもう行って。落ち着いたら手紙を書くからね」

泣き崩れるメアリーを残して僕は走り出した。そうしないと僕が泣いてしまいそうだったのだ。

泣き顔を見せればメアリーはさらに心配してしまうだろう。幼いころから母代わりになってくれた人をこれ以上苦しめるわけにはいかなかった。


しばらく走ってから振り返ると、屋敷はだいぶ遠くなっていた。もうメアリーの姿も見えない。

呆然と立っていると、一台の荷馬車が僕の横で停車した。声をかけてきたのは意外にも次兄のポール兄さんだった。

「乗れ。俺も自分の領地へ行くから、ついでに送ってやる」

捨てる神あれば拾う神あり、ってやつかな？

ポール兄さんはぶっきらぼうな態度だったけど、重い荷物を抱えた僕にはありがたい言葉だった。

これまではあまり接点のないポール兄さんだったけど、僕と鞄を引き上げる手は力強く、なんだか安心できる気がした。

街道を進むこと半日。馬車の上では特にやることもなく、生まれて初めてポール兄さんと会話らしい会話をした。

「ポール兄さんも領地をもらったの？」

「ああ、牧場を一つと村を二つな……」

ポール兄さんは普段からあまり感情を表に出さない。だから、受け継いだ領地に満足しているかは、その表情からは読み取れなかった。

ただ、伯爵領の規模を考えれば、ポール兄さんの取り分は微々たるものだ。領地のほとんどはアレクセイ兄さんの手に渡ったに違いない。

ひょっとしたらポール兄さんは不満に思っているかもしれないけど、それはそっとしておくべき問題だと思った。

馬車は緩やかな丘を上り始めた。

「僕の島がどんなところか知ってる？」

「よくは知らんな。小さな家があるとは聞いている」

「ふーん……」

家はとうぜんあると思っていた。しかも領主館のようなところを想像していたのだけど、この口ぶりではもっと小さいのかもしれない。

きっと普通の民家のようなものなのだろう。もっとも僕は贅沢をしたいとは思っていない。雨風がしのげればそれでじゅうぶんだ。

あれ、ひょっとして僕はそこで一人っきりで暮らすのかな？

「そこに使用人はいるの？」

兄さんは少しだけ僕を見つめてから、視線を前方に戻した。

「セディー、これからは一人で生きていくんだ」

なるほど、使用人はいないらしい。

はぁ、空が青いなあ……。眩しすぎて泣きたくなってくるよ。

馬車は峠を上り切り、眼下に海が広がった。

「ガンダルシアが見えたぞ」

兄さんの見つめる方向に視線を移すと、広い内湾の中にこぢんまりとした島が見えた。こちら側の海岸からそれほど離れておらず、ボートでもあれば簡単に渡れそうだ。

「あまり大きくない島なんだ……」

「そうだな」

ここから見る限り、周囲は砂浜や岸壁に囲まれていて、人家のようなものはひとつも見えない。

「あんなところに人が住んでいるの？」

「無人島だぞ」

「え？」

「聞いていなかったのか？」

表情の乏しいポール兄さんの顔に今日初めてはっきりとした感情が表れた。それはまさに『哀れみ』の表情だ。うん、地獄の悪魔だってこの状況には涙すると思うよ。

僕はのんびりとした漁村がある島をイメージしていたのだ。だって、誰も無人島だなんて教えてくれなかったもん！

きっと乳母のメアリーも他のみんなも知らなかったんだと思う。

領民が0なんて信じられない。そんなのはよくできたラノベのタイトルみたいじゃないか！

あれ、……ラノベってなんだっけ？

おかしいな、最近になってよく記憶の混濁が起きる。体験したはずのない過去の記憶がよみがえるって感じだ。へんな病気になっていなければいいけど……。

呆然としたままの僕を乗せて馬車は海岸までやってきた。

「ここから島に渡るようだ」

海岸からは波を被る岩礁の道が続いている。ここには橋さえないらしい。潮が満ちてしまえば行くことも帰ることもできなくなってしまうようだ。

体が動かなくなった僕に、いつもよりは優しい声でポール兄さんが声をかけてくれた。

「俺のところへ来るか？　セディーが望むなら牧場で働くという手もあるぞ」

優しい言葉に涙が出そうになったけど、すぐにそうする気にもなれなかった。

誰もいない島で過ごすというのは本当に心細いのだけど、まずはこの島がどんな所かを確かめたい。十二歳とはいえ、僕はこの島の領主なのだ。

それに、どういうわけかあの島が僕を呼んでいる気がするのだ。こうして間近に島を見ると懐かしささえ感じるのはなぜだろう？

「とりあえずは島を見てみるよ。答えを出すのはそれからでもいい？」

「そうか……」

ポール兄さんは僕を強くは引きとめなかったけど、代わりに小さな革袋をくれた。袋の中には銀貨が数枚入っていた。

「あそこに街が見えるだろう？」

はるか向こうの海沿いに集落が見えた。立派な鐘塔が見えるから、それなりに大きな街のようだ。

「あれはシンプソン領のルボンだ。店もある。どうしようもないときはそれで何か買って食べろ」

「兄さん……」

急にポール兄さんという人が身近な存在に感じられた。

「危険な生物はいないという話だが、万が一ということもある。気をつけろよ。剣の手入れはしてあるな？」

僕は腰の剣に手をかけて確かめる。ずっしりとした重みは不思議と安心感を与えてくれた。貴族の子どもとして一通りの訓練は受けている。

「うん、大丈夫」

「攻撃魔法は使えるか？」

「ファイヤーボールなら」

「それがあるのなら心配ない。野生動物が相手なら二、三発撃てば逃げていく」

そういう心配もしなければならなかったんだな。つくづく僕は見通しが甘かった。

「気をつけるよ」

「どうしようもないときは俺の牧場に来い。贅沢はできないが暮らしが立つようにはしてやる」

兄さんは小さくうなずくと馬車を出発させた。そして、波のさざめきと僕だけが取り残される。

いったいぜんたい、これからどうなっていくのだろう？　未来は目の前に続く岩の道くらい険しそうだ。

「ええっ!?」

よく見ると、その岩の道は先ほどよりも細くなっているではないか！　潮が満ちてきたのだ。

こうしてはいられない。今日中に島の家にたどり着かないと、今夜は眠るところさえないのだ。

僕は重い旅行鞄を持ち上げて、海面にまだ頭を出している最初の岩に飛び移った。


岩の道を伝って、なんとかガンダルシア島へとやってきた。来る途中で転んでしまい、服も靴もびしょ濡れだ。白い砂浜に腰を下ろすと僕は一息ついた。

それにしても荒れ果てた島だ。ここから見渡す限り人工物はなにも見当たらない。

うっすらと道らしきものはあるけど、草がぼうぼうと生えていて歩きにくそうだ。沿道の木からは横枝もたくさん出ている。

この場所を僕一人で整備するとなれば、時間がいくらあっても足りないだろう。今さらながらここへ来たことを後悔してしまった。

でもどうしてだろう？　こんなひどい場所なのに、やっぱりどこか懐かしい……。

ここに来るのは初めてなのに、なんとなく見覚えがある気さえする。

難しい言葉で言うと既視感だっけ？　遠い昔、僕が生まれる前に見た光景を見ているような感覚だ。

僕は記憶を呼び覚ますようなものを探して周囲を見回した。

「…………」

って、そんなことあるわけないか。将来が不安で、つまらない幻覚を見ているだけなのだろう。

やっぱりポール兄さんについていくべきだったかな……？

「ダメだ、ダメだ！」

僕は自分を励ますように大きな声で叫んだ。まだ島に来たばかりだというのに、もう弱気になっているじゃないか。

こんなことでは先が思いやられるぞ。泣いている暇があるなら体を動かさないと。とりあえずどこかにあるはずの家を見つけよう！

「クッ……」

元気を出して立ち上がったのだけど、僕は不意のめまいに襲われて片膝をついてしまった。

砂浜に足を取られたから？　それとも太陽がまぶしかったから？　それもあったけど、いちばんの原因は切れていた記憶の糸が突然につながったからだった。

接続されたのは僕の前世の記憶。はっきりしたことは思い出せないけど、僕は日本という国に住んでいたことを思い出した。

そうだ！　この島に見覚えがあるというのも間違いじゃない。ここは、僕が小学生のときに大好きだったゲーム『アイランド・ツクール』にそっくりなのだ。

『アイランド・ツクール』は、人の手が入っていない無人島を自分で開発して暮らしを楽しむスローライフ系ゲームである。

プレーヤーは島を開発してもいいし、農業に勤しんでもいいし、冒険をしてもいい。とにかく自由度の高いゲームだった気がする。

ゲームは島にやってきたプレーヤーが自分の家を見つけるところから始まるはずだったぞ。たしかこっちに行けば……。

前世の記憶を頼りに、僕は荒れ果てた道を草をかき分けながら進んだ。

「ハア、ハア、ハア……、あった……」

まぎれもない、僕の目の前にあるのはゲームの最初期に与えられる小屋だった。

見た目は古く、塗装もはげかけている粗末な建物だ。小屋は森の端に建っていて、下の方には海岸が広がっている。おそるおそる扉を開けて中に入ると、部屋は古い木の匂いが立ち込めていた。

小さな窓が二つしかないので室内は薄暗い。それでも、片面の窓からは青い海が見えて眺めはよかった。

狭い部屋にあるのは、小さなテーブルと椅子が一つずつ、粗末なベッド、それだけだ。ベッドにはマットレスもない。

生まれてこのかた、こんなベッドは初めてだ。でも、贅沢を言っちゃいけないな。外で寝るよりはるかにマシなのだから。

でも、ロウソクひとつないというのは困りものだ。今夜は暗闇の中で過ごさなければならないのか。

パンパカパーン♩

絶望で目の前が真っ暗になった僕の耳元で、突如、ファンファーレが鳴り響いた。

──Event 1　チュートリアル──

驚く僕の目の前に小さな妖精が浮かんでいた。身長は十二センチくらいかな。赤紫色の髪の男の子みたいな妖精である。ひょっとしたら女の子？

妖精に性別はないからよくわからない。妖精は妖精であって、男でも女でもないというのが正解なのだろう。

妖精は僕を穴のあくほど見つめている。あれ、この妖精には見覚えがあるぞ。そうだ、僕が読んでいたお伽噺『ガンダルシア物語』の挿絵に出ていた妖精によく似ている。

それだけじゃない、この妖精のことは前世の記憶にも残っている。アイランド・ツクールではお馴染みのキャラで、困ったプレイヤーにヒントをくれる存在だったはずだ。たしか名前は……。

「君は……ポルック？」

呼びかけると妖精は僕の頬を叩いた。小さな手だからぜんぜん痛くないけどちょっとだけ驚いたよ。

「夢じゃない！」

「そういう確認は自分のほっぺでやってよね」

文句を言うと、妖精は僕の周りをぶんぶんと飛び始めた。

「オイラのことが見えるのかい？　しかも、オイラの名前まで知っている！」

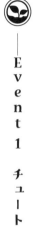

「僕はセディー、こんどこの島の領主になったんだ」

「おお！　ついにガンダルシアに人がやってきたんだね！」

ポルックは嬉しそうに体を震わせていたけど、ふいにまじめな顔になった。

「そうか、住人が来たからにはあれをやらなくちゃ」

あれとは何だろう？　島に入るための儀式かなにか？

「僕、ちょっと忙しいんだけど……」

暗くなる前に枯れ枝を集めたい。真っ暗闇は不安だから、たき火をしようと考えたのだ。

「何を言っているんだい！　ガンダルシアに来たからには、まずはオイラのチュートリアルを受けてもらわなきゃ」

思い出した。アイランド・ツクールでもポルックによるチュートリアルがあったはずだ。チュートリアルはスキップもできたけど、受ければ役に立つアイテムをもらえたような気がする。前世の記憶もあいまいだし、きちんと受けておいた方がよさそうだ。

「それじゃあ、チュートリアルをお願いしようかな」

「任せておけ！　まずはステータスオープンと叫んでみよう」

「叫ばなきゃだめ？」

「もちろんだ。右拳を天高く突き上げて叫ぶんだぞ」

「絶対にうそでしょう！」

「半分冗談だ」

面倒な妖精だなあ……。叫ぶのはともかく、ステータスを確認しなければチュートリアルは終わらない。

「ステータスオープン」

ほどほどの声量でステータス画面を開いた。

セディー・ダンテス：レベル1
保有ポイント：10
幸福度：65%
島レベル：1

そうそう、こんな画面だったなあ。ゲームでは所持品や所持金などの表示もあったけど、この世界では省略されている。

「元気が足りないのは気になるけど、ステータス画面を出すことには成功したな」

ポルックは満足そうにうなずいている。

「保有ポイントが10あるね」

「そのとおり。それはプレゼントみたいなものだ。ポイントがあれば島を発展させたり、アイテムと交換したりもできるぞ」

「幸福度っていうのはなにかな？」

「その名のとおり、セディーがどれくらい幸福であるかを表しているんだ」

65％もあるのにびっくりだよ！　屋敷から追い出されて、無人島で一人暮らしをはじめる十二歳にしてはポジティブな性格なんだなあ。

それというのも、ここがアイランド・ツクールの世界だとわかっているからなのかもしれない。

「幸福度は睡眠不足、病気、ケガ、飢えや渇きを感じるとすぐに数値が下がってしまうから気をつけるんだぞ」

「衣食住が満ち足りていれば上がっていくのかな？」

「基本的にはそうだけど、人間はそれだけでは生きられないだろう？　セディーは孤独に耐えられるのかい？」

随分と哲学的なことを言う妖精だけど、なんとなくは理解できた。

「幸福度は他者との交流を介しても上がっていくんだ」

「つまり、友だちと一緒に過ごしたりすればいいんだね」

「そういうことだ」

でも、ここは無人島じゃなかったっけ？

「ポイントは日付が変わると回復するけど、幸福度が75％を切っていると回復しないからな。ポイントがないと島を発展させられない。島を発展させられないと満足な食事ができない。そうするとさらに幸福度は下がってしまう。と、このように負のスパイラルに陥ってしまうわけだ」

「それはおそろしいね」

「また、ものすごく悲しかったり、逆に嬉しかったりするときも数値は上下する。じゅうぶんに気をつけるように」

「はーい」

元気よく返事をすると、小屋のテーブルの上にアイテムがいくつか出現した。

「おめでとう、チュートリアルイベントをクリアしたセディーにご褒美だ。それじゃあまたな！」

ポルックは宙返りをすると煙になって消えてしまった。

Chapter2
はじめの一歩

Tips

星形の窪みを見つけたら
掘り返してみましょう。
いいものが見つかる
かもしれません。

ポルックが置いていったアイテムは四つあった。僕は順番に包みを開いていく。最初に出てきたのは魔導ランタンだ。赤いランタンはところどころ塗装が剥げて錆が浮いているけど、ちゃんとつくのかな？　ちょっと不安だったけど、スイッチをひねるとランタンは明るく部屋を照らし出した。

「よかった……。ありがとうございます」

これで闇に怯える心配はなさそうだ。

このランタンは魔石で明るくなるタイプの魔道具だ。魔石とは魔物を倒したときに得られる魔力の結晶であり、これを入れさえすればランタンは半永久的に使える。

ただ、魔石の予備はないから街で買い足さないといけない。自分で魔物を倒して魔石を得るという方法もあるけど、できることならそれは避けたい。けがをしたら大変だからね。ちょっとした傷でも街へ行くとなればかなり苦労するかもしれないのだ。

島に魔物が生息しているかは、現時点ではわからない。思い出せないからだ。願わくはいないでほしい。魔物がうろつくような島では安眠なんてできないもん。

ポール兄さんのおかげでお金に余裕はあるから、魔石は街で買い求める方が賢明だろう。

次のアイテムは藁マットと毛布だった。これも助かるなあ。チュートリアルを受けていなかったら硬い木のベッドで、上にかけるものもないまま寝なければならないところだった。

最後の包みはなんだろう？　細長いものみたいだけど……。

「これは落とし穴の杖じゃないか！」

落とし穴の杖はアイランド・ツクールでは定番のジョークグッズだ。さした場所に落とし穴を掘り、住民や友だちを落っことして遊ぶ魔法の杖である。

　こんなアイテムがチュートリアルで支給されるのは、ポルックがいたずらっ子だからだな。落とし穴はやりすぎると怒られてしまうけど、楽しくてついついやってしまうんだよね。これ一本で八つの穴を掘ることができるようだ。

　まあ、ここは無人島なので遊ぶ相手なんていないんだけどね……。杖は剣と一緒にベルトに差しておこう。

　もう間違いなかった。ここは『アイランド・ツクール』の舞台そのものだ。最初は誰もいないけど、プレーヤーがここで暮らすことによっていろんな人がやってきて、その人たちとの交流を通して島が発展していくシステムだったはずだ。

　もっとも、どんな人がやってくるかまでは覚えていない。記憶が戻ったといっても、そこまで鮮明に、ってわけじゃないのだ。まだまだおぼろげなところは多い。

　ポルックはポイントを振って島を発展させろと言っていたけど、どうやったっけ？　ポイントを振れるのは島の施設や動植物だったはずだ。

　対象がある場所に行けばわかるはずだけど……。

　小屋の中を見回したけど反応するものは何もなかった。ここにもキッチンや居間を作れるはずなんだけど、解放条件はなんだっけ？

　夕暮れにはまだ早かったので僕は外に出てみることにした。

外に出ると、小屋の前の大地が光っていた。

作製可能なもの：家庭菜園
説明：畑で作物を作ってみましょう。
必要ポイント：3
備考：畑をつくると、農具置き場とカブの種をプレゼント。

思い出した。ここには畑を作れるんだった。それにしても、こういうゲームで最初に作る作物ってカブが多くない？　どうしてだろうね。

「ああっ！」

さらに大切なことを思い出して、僕は大声を上げてしまった。

そうだ……、そうだよ！　もしこの島の畑がゲームの設定通りなら、種まきから収穫までは三日ですんでしまうはずだ。

畑の雑草を抜いたり、きちんと水やりをしたりすれば、の話だけど、それにしたってチートもいいところだ。促成栽培どころの話じゃない！

ゲームと同じで本当に三日で作物ができるのなら、僕がもらった遺産ってとんでもないものじゃないのか？

すぐにでも畑を作ってみたい気持ちになったけど『急いては事を仕損じる』ということわざもあ

る。他にも何が作れるかを確かめてからにしよう。

どうでもいいけど、記憶が戻ってきたせいか、日本語のことわざがポンポン出てくるや……。

畑の予定地の横を見ると古びた井戸があった。井戸の縁は苔むし、中は土で埋まっている。これではとても使えそうにない。だけど、この古井戸にもポイントが振れるようだった。

作製可能なもの：小さな井戸
説明：水は生命活動の基本です。綺麗な真水を確保しましょう。
必要ポイント：3
備考：井戸を作ると滑車と桶をプレゼント。

これは絶対に必要なものだぞ。『アイランド・ツクール』はスローライフ系のくせに厳しいところがあって、ライフが0になるとゲームオーバーになってしまうのだ。

初めてプレイしたときは他のものにポイントを振って、井戸を後回しにしてしまった。おかげで喉が渇いてすぐにゲームオーバーになったっけ。

それに、ここがゲームの世界に酷似しているとはいえ、今の僕にとってはリアルな世界だ。セーブポイントからやり直しがきくかもわからない。命を大事に、が最優先となる。

そういえば、セーブポイントはどうなっているのかな？　アイランド・ツクールならベッドのところへ行けばセーブ画面が現れるんだけど、そんなものはなかった。

ということは、なにかを間違えれば僕は死んでしまうのだろう。そこだけはリアルなんだな……。

とにかく、井戸を復活させるのはアイランド・ツクールの基本である。

僕は少し緊張しながら光り輝く部分に手を触れた。

「ぐっ！」

体の中から何かが抜けていく感覚がして、ビー玉くらいの光の玉が三つ、僕から井戸に向かって飛んでいった。ポイントというのは僕の魔力で作られているのかもしれない。

光の玉が古い井戸にぶつかると、目を開けていられないくらいに発光した。


キュィイイイイイイイイン！


平衡感覚を保てなくなるほど強烈な音が鼓膜を揺さぶる。だが、音も光も長くは続かず、世界はすぐに静寂を取り戻した。

いまだに痺れる目を開くと、そこにあったのはきれいに修復された井戸だった。

びっしりと生えていた苔はなくなり、積んである石は白く輝いている。井戸そのものが清潔になったのだ。

思わず駆け寄って井戸の中を覗き込むと、透明な水がキラキラと木漏れ日を反射していた。

さっそく桶と滑車を使って水を汲んだ。

「クンクン……、変な匂いはしないか……」

おそるおそる飲んでみたけど、とても美味しい水だった。

「ゴクゴクゴク……プハァッ！」

緊張で忘れていただけで、実はすごく喉が渇いていたんだなあ。

「…………」

人心地ついたので、今度は味わって水を飲んでみた。

本当に美味しい水だ。もし、フィンダス地方名水十選なんてものがあれば、間違いなくトップに躍り出る味だと思う。それくらいこの井戸の水は際立っていた。

やっぱりこの島はとんでもないポテンシャルを秘めていると思う。

美味しい水を飲んだおかげで元気が出てきたぞ。お、幸福度も少しだけ回復している。

セディー・ダンテス：レベル1
保有ポイント：7
幸福度：69％
島レベル：1

水さえあれば人間はそれだけで二週間くらい生きられるそうだ。食べ物はまだないけど、当面はこれでしのげるだろう。そう思うと気持ちがすごく楽になった。明日にもゲームオーバー、なんてことはなさそうだ。

ゲームの記憶が正しければ森の中で食べ物が見つかるはずだし、浜辺や磯では釣りもできたはずだ。頑張れば食事に困ることもないだろう。

本当はすぐにでも島を探検したいけど、それは明日にした方がよさそうだ。太陽は西の空に傾き、海の色は黒さを増している。

夜の島には危険生物が徘徊するということも思い出したのだ。特に恐ろしいのは毒蜘蛛や毒蛇である。暗闇の中で奴らに遭遇することは避けたい。

危険生物は貴重なアイテムや素材をドロップすることもある。場合によっては捕獲も必要だけど、ここでの生活に慣れるまではやめておこう。

家に入って藁マットの上に座ると安堵のため息が漏れた。記憶を取り戻すまでは途方に暮れていたけど、これなら僕でもやっていけるかもしれない。

今はまだ何もない島だけど、お伽噺の中のガンダルシアみたいにすることだってできるはずだ。ステキな理想郷を作れるように頑張ってみるぞ！

鎧戸の隙間から入ってくる直射日光で目が覚めた。入ってくるのは日光だけじゃなく、海風もひどい。

この小屋は隙間だらけだ。少し強く風が吹くと笛みたいにピーピー音がするくらいである。それはもう悲しみの合奏曲《アンサンブル》だ。

正直に言うと昨晩はあまり眠れなかった。危険生物が心配で寝付けなかったのだ。この小屋のドアには鍵すらついていなかった。

セディー・ダンテス：レベル1
保有ポイント：9
幸福度：76％
島レベル：1

幸福度は76％で保有ポイントは9まで回復していた。残念ながら100％には届かなかったけど、それはそうだと思う。

夕飯は井戸水とメアリーが持たせてくれた焼き菓子だけ、ベッドは粗末、危険生物に襲われるかもしれないという恐怖が三重苦となり、安眠を妨害したのだ。

むしろこの状態で76％の幸福度を保つ自分のメンタルを褒めてやりたかった。

ただ、メアリーが持たせてくれた焼き菓子の底に小さな5000クラウン銀貨が入っていた。これはメアリーが入れてくれたものだろう。

メアリーだって余裕なんてないはずなのに、僕を心配して無理をしてくれたに違いない。それを考えると胸が痛んだけど、心も温かくなった。

ポイントは幸福度が75％以上で2ポイント、80％以上で4ポイント、85％以上で6ポイント、90％以上で8ポイント、95以上で10ポイント回復する。

逆に70％未満だと減っていくので気をつけなくてはならない。はじめのうちはどんどん使って生活の基盤を整えるのが大切だ。

ポイントの累積も20ポイントまで可能になっている。累積できるポイントはレベルが上がると増えていくシステムだ。

今日は島を探検してポイントが振れそうな場所を探してみるとしよう。改めてステータスを確認していると外から僕を呼ぶ声が聞こえてきた。

「セディー、いるの？　いたら返事をして！」

あの声は幼馴染のユージェニーじゃないか！　ユージェニーはダンテス伯爵家と領地を接するシンプソン伯爵家の三女で、僕とは小さい頃からの遊び友だちだ。

少し勝気な性格だけど、年齢も一緒で、何かと気が合うから僕にとっては親友と言っていい存在だった。

「ユージェニー、遊びに来てくれたんだね！」

小屋から飛び出すと、グリフォンに乗ったユージェニーが笑っていた。会うのは二週間ぶりくらいだ。

「元気そうだね、君もギアンも」

僕はグリフォンのギアンの首筋をそっと撫でた。グリフォンは大鷲とライオンを掛け合わせたような生き物だ。

ユージェニーは五歳の誕生日にギアンを贈られ、以来どこへ行くのも一緒である。

グリフォンは空を飛べるし、並の魔物など寄せ付けないくらい強い。そのおかげでユージェニーはどこへでも一人で遊びに行けるのだ。

はっきり言ってかなり羨ましい。

「お屋敷に遊びに行ったら、セディーがここの領主になったっていうじゃない。びっくりしたわ」

「落ち着いたら手紙を書こうと思っていたんだよ」

本当はもう少し島を発展させてから招待したかったんだけどなあ。ここまで何もないのは恥ずかしいからね。

だけど、ユージェニーが来てくれてやっぱり嬉しいや。

「ふーん、セディーはここに住んでいるのね……」

ユージェニーは物珍しそうにじろじろと僕の小屋を見た。

「今はこんな感じなんだけど、そのうち大々的にリフォームをするつもりだよ」

ボロボロな小屋が恥ずかしくて、ついつい言い訳をしてしまった。

いや、言い訳じゃないぞ。本当にリフォームをするつもりなのだ。

でもおかしいんだよね。ゲームならポイントを振って小屋をグレードアップできたはずなのに、どういうわけか今はできない。何が違うというのだろうか？

僕はもう一度自分の小屋を見つめた。すると、突然ステータス画面が開くではないか。

小屋のグレードアップが可能になりました！

条件：心を許した親しい友人が遊びに来ること。
『古い小屋』を『小さなコテージ』にグレードアップできます。
必要ポイント：5

やった、仲良しのユージェニーが遊びに来たからロックが解除されたんだ！

なんとなく思い出してきたぞ。アイランド・ツクールではこんなふうに、人との出会いや交流によって様々な条件が解放されるんだったな。

少しはましな家に住めると思うと嬉しくて踊り出したい気分だった。

「どうしたの、セディー？　そんなに笑顔になっちゃって。私が遊びに来たのがそんなに嬉しかった？」

「とっても嬉しいよ。もう、感謝しても感謝しきれないくらいさ！」

僕はユージェニーの手を両手で握りしめてブンブンと握手した。

「ば、馬鹿。なんでそんな恥ずかしいこと……」

ユージェニーは頰を赤らめて照れている。

「ユージェニー、お礼にすごいものを見せてあげようか？」

「すごいもの？　いったいなあに？」

「僕の新しい魔法だよ」

「まあ、ファイヤーボール以外にも習得したのね」

「といっても攻撃魔法じゃないんだ。説明するのは難しいから、そこで見ていて」

僕は古い小屋の光っている部分に手を置いた。そして、ポイントの割り振りを念じる。すると井戸を直したときと同じように体の中からビー玉くらいの光の玉が五つ、僕から古い小屋に向かって飛んでいった。

光の玉が古い小屋にぶつかり、今回もまたまぶしく光り出す。ポイントが多い分だけ今回の方が激しいぞ。

光が収まると、古い小屋は小さなコテージになっていた。

壁は明るい茶色、屋根は深緑色だ。角材を組み合わせたこの家は、前の古い小屋と比べて隙間風もなさそうだった。

「どう、すごいでしょう？」

「…………」

ユージェニーは驚きのあまり声も出せずに口をパクパクさせていた。グリフォンのギアンも驚きで口をあんぐり開けたままだ。

「ど、どういうことなのよ!?　これが魔法!?」

「正確にはちょっと違うんだけど、似たようなものかな？　まあ、この島の中でしか使えないスキルなんだけどね」

「それにしたってすごすぎるわ！　家を錬成する魔法なんて初めて」

「家だけじゃないんだ。この島の中なら施設を作ったり、動植物をレベルアップさせたりもできるんだよ。それはともかく、新しい家の中に入ってみようよ」

これまでは、ろくに家具もないボロ家だったけど、今度のはどうだろう？　少しは住みやすくなったかな？　まだ興奮しているユージェニーを誘ってコテージに入った。

家の中はかなり様変わりしていた。

壁の四面に窓があるおかげで室内は明るく、ずっと清潔に見える。角材がきちんと組んであるおかげで、前のように隙間風も入ってこなかった。

「おお、ドアに鍵がついている！」

「そんな当たり前のことで喜ぶなんてどうしちゃったの？」

ドアに鍵がかかるだけでどれほど心に余裕を持てるか、深窓の令嬢にはわからないのだろう。ドア材も分厚い板だから、昨日より安心して眠れそうだ。

玄関を入ってすぐのところは居間になっていた。テーブルと椅子は以前と同じものだったけど、椅子が一脚から二脚に増えている。

隅の方にはさっきまでなかったミニキッチンもついていた。なんだかおままごとの道具みたいだ。

「かわいいキッチンね。ここでお料理ができるんだ。ねえセディー、コンロが動くかどうか試してみましょうよ」

ユージェニーは料理の経験なんてないのだろう。さっきからそわそわとキッチンを使ってみたそうにしている。

「いいよ、この魔導コンロに初めて点火する栄誉を君に譲るよ」

「やったあ。うふふ、お湯を沸かしてみましょう」

「それはいいけど、やったことあるの？」

「ないわ」

だよなあ。僕だってそうだもん。前世は別だけどね。

「このつまみをひねればいいのね……」

ユージェニーは禁断の魔道具を扱うみたいにびくびくしていた。

「大丈夫？」

「へ、平気よ。うわっ、コンロが熱くなった！」

スイッチに反応して渦を巻いた鉄線が赤くなっている。

「落ち着いてね」

「だ、だから平気だってば、これくらい。これの上に水を張ったポットを置けばいいんでしょう？　簡単じゃない……」

ポットを火にかけると、ユージェニーは視線を逸らさずに水が熱くなっていく様子を見つめ続けた。

ただお湯を沸かしているだけなのだけど、本人にとっては壮大な魔法実験をしているような感覚なのかもしれない。

「泡！　見て、泡が出てきたわ。セディー、どうしよう、爆発したりしないかしら？」

沸騰を見るのも初めてか。さすがは伯爵家のお嬢様だ。

「お湯が沸くとそうなるんだよ」

ユージェニーは魔導コンロを心ゆくまで楽しんでいた。

それにしても、このキッチンは使えそうだな。コンロの火力はじゅうぶんだし、小鍋、お玉、食器などもそろっている。

「コテージって秘密基地みたいで楽しいわ！」

コンロの火を止めたユージェニーははしゃぎながら部屋を見回した。

「でも、まだまだ足りないものが多いよ。家具はテーブルと椅子だけだもん。せめてソファーが欲しいなあ」

「さっきの魔法で何とかならないの？」

居間の備品はポイントを割り振れば手に入る。これも、ユージェニーが遊びに来てくれたおかげのようだ。

ソファーは1ポイントから設置可能で、5ポイント必要な高級なものもある。だけど、僕に残されたポイントは4だけだ。これはよく考えて使わなければならない。

「今はまだ無理だけど、そのうちね」

幸福度を上げて、ポイントが順調に回復したら考えてみよう。

「セディー、こっちの梯子の上は何かしら？」

部屋の隅には梯子がついていて、ロフトへ上がれるようになっていた。

「登ってみよう」

ユージェニーはスカートをはいていたので、まずは僕が登った。

「ロフトは寝室か」

特に豪華なつくりではなく簡素なベッドとベッドサイドテーブルが置かれているだけだ。イベントでもらった赤いランタンもサイドテーブルの上に置いてあった。

「ベッドが少しだけいいものになっているぞ」

「硬そうなベッドね。大丈夫？」

「贅沢は言っていられないさ。いずれはいいものに変えていくよ」

ポイントが貯まれば天蓋付きのベッドだって手に入るのだ。マットだって低反発、ウォーターベッドとよりどりみどりである。

「あら、こんなところに窓があるのね」

斜めになった天井の一角にドーマがあった。

ドーマとは屋根の上に突き出た小さな窓のことだ。屋根裏に窓を付ける壁が取れない場合に使われることが多い。

窓は両開きで、そこからコテージの屋根の上に出られそうだった。

「ユージェニー、外へ出てみない？」

「屋根の上に出るの？　そんなことをして叱られないかしら？」

「叱られるわけがないだろう。ここの領主は僕なんだから。それともユージェニーはここで待っている？」

「ううん、私も屋根に上ってみたい！」

僕らは窓を抜けて、屋根に立った。

「うふふ、屋根に上るなんて初めての経験だわ」

つないだユージェニーの右手が少し震えている。てっぺんからは青い海がよく見えた。

「怖くない？」

「ちっとも！　毎日ギアンに乗っているのよ」

確かに。ギアンに乗ればもっと高くまで飛べるのだ。

だけど、ユージェニーは興奮していた。きっと屋根に上ることに背徳的な喜びを感じているのだ。

「いい眺めね。海風が気持ちいい」

内湾の奥に大きな港町が見えた。あそこはベルッカ。僕が生まれ育ったところだ。街道からだと山が邪魔して見えないけれど、ここからだと懐かしい故郷が見渡せる。ずいぶん遠くへ来てしまったなあ……。

「お屋敷が恋しい？」

ユージェニーが心配そうに僕の顔を覗き込む。

「そうでもないさ。もう、ここで頑張るって決めたから」

「そっか……」

口には出さなかったけど、ユージェニーは僕のことをものすごく心配してくれているのだろう。

昔からそういう子なのだ。

「それよりもお腹が減ったよ」

「あら、セディーは朝ご飯を食べていないの？」

「まだだよ。実はユージェニーが来たときはベッドの中だったんだ」

「もう、お寝坊さんね。でもよかったわ。差し入れを持ってきたのよ」

僕らは一階まで戻ってテーブルについた。

ユージェニーは持参したカゴからサンドイッチやフルーツを出してくれた。

「ありがとう。さっそく朝ご飯にいただくよ」

「そうだ、せっかくだからもう一度お湯を沸かしてみない？」

「いいけど、ここにはコーヒーも紅茶もないよ」

「さっき、表でレモンバームとアップルミントを見かけたわ。あれを摘んでハーブディーを淹れましょう」

ユージェニーに教えてもらってハーブを摘んだ。家の周りにも役に立つハーブがけっこう生えているんだなあ。

ん？　そういえば、ゲームの中でもいろんなハーブを摘んだ記憶があるぞ。たしか、料理や錬金術に使ったんだ。

どうすれば錬金術が使えるようになるかは思い出せないけど、これからはこういったハーブも活用していかなきゃね。

井戸で水を汲み、コンロでお湯を沸かして、フレッシュハーブティーを作った。

新鮮な香りが鼻に抜けてとても美味しい。ハーブと淹れ方は覚えたから、これからも作っていくとしよう。

朝ご飯にハーブティー、ハム・野菜・チーズを挟んだサンドイッチ、朝摘みのイチゴを食べて大満足だ。

チラッと見たステータス画面では、幸福度が76％から82％まで上がっていた。


楽しい時間はあっという間に過ぎていく。ご飯を食べたり、おしゃべりをしたりする間に太陽は高い位置に昇っていた。

「そろそろ帰らなきゃ。午後はピアノのレッスンがあるの」

ユージェニーは帰り支度を始めた。

「ここからユージェニーの屋敷まではどれくらい？」

「ギアンに乗ればすぐよ。だからまた来てあげるわ」

グリフォンは空を飛べるので、どこへ行くのも簡単なのだ。満潮で島に渡る岩礁が沈んでも、ユージェニーなら問題なくやってこられる。

「次にユージェニーが来るまでになるべく島を発展させておくよ」

「楽しみにしているわね」

表に出ると草地で横になっていたギアンがむくりと体を起こした。

ギアンは小さな頃からユージェニーと一緒に育ったので繋いでいなくても逃げたりしない。今日も大人しく待ってくれていたようだ。つくづくユージェニーが羨ましいよ。

ギアンにまたがったユージェニーが森を見回して不安そうな顔になる。

「本当に大丈夫？　こんなところに一人で怖くない？」

本当は怖いに決まっているけど、僕は意地を張る。幼馴染の前でカッコ悪いところは見せたくない。

「怖くなんてないさ。僕はこの島の領主だもん。いずれここをお伽噺の中のガンダルシアにも負けないくらい立派な場所にしてみせるよ」

強がってみせるとユージェニーも納得したようにうなずいてくれた。

「それじゃあまた来るわ。次もお土産を持ってくるから！」

ギアンは翼を大きく広げて垂直に離陸する。僕はユージェニーの姿が見えなくなるまで見送った。


ユージェニーがいなくなると途端に寂しくなった。一人になって、それまで存在を忘れていた自然の音がやけに耳につく。海風、葉のさざめき、鳥の鳴き声、世界は音であふれている。

あれ、いま変な声が聞こえなかったか？　僕は耳をすました。

「うぅ……」

海風に乗って聞こえてきたのは女の人の泣き声だ。声は海岸の方から聞こえてくるけど、まさかエルレーンの亡霊？

エルレーンの亡霊とは、海で亡くなった女性の幽霊だ。夜な夜な青い光とともに現れて、様子を見に来た人を海の中に引きずり込むと恐れられている。

だとしたら怖いけど、今はまだ昼間だ。それに、聞こえてくるのは女の人の泣き声だけじゃないぞ。男の人の怒鳴り声も交じっている。なにやら言い争っているようだ。

無視するのもよくないと思い、僕は海岸へ行ってみることにした。

海に続く急坂の上で僕は周囲を見回した。北側にはススキの原っぱが広がり、坂のすぐ下は砂浜になっている。その砂浜で言い争う人たちが見えた。一人は女の人で、もう二人は男だ。背格好から判断すると女の人は若い漁師さんのようだ。年齢は僕よりお姉さんの十六歳くらいだろうか？おっとりした雰囲気だけど、今は怯えてオタオタしていた。

それに対して男二人は目つきの鋭い荒くれ者って感じである。海風に乗って丘の上まで三人の会話が聞こえてきた。

「私のボートを返してくださいぃ」

「返してほしけりゃ金を返すんだな」

「ひどいですぅ、家だけじゃなくボートまで取り上げるなんてぇ」

お姉さんは間延びした話し方をするので、切迫感が薄いなあ。きっと、普段はもっとおっとりした人なのだろう。こんな優しそうな人を虐めるなんて、こいつらは何者だ？

「恨むんなら借金をしたお前の親父を恨めよ。俺たちは貸した金を取り立てているだけだぜ」

男たちはせせら笑っている。

「ボートを取られたら漁ができませんよぉ」

「俺たちの知ったこっちゃねえよ」

男の一人は冷たく突き放したけど、もう一人の男は猫なで声を出した。

「なんなら俺が漁師よりいい仕事を紹介してやるぜ。よく見りゃあかわいい顔をしてるじゃねえか。体つきも悪くない。その気になりゃあ、けっこう稼げると思うけどなあ」

「な、なんですかぁ……？」

「どれ、俺が品定めをしてやろう」

男は絡みつくような視線でお姉さんの体を見回した。

「いや……」

「そう言うなって。悪いようにはしねえからさ。へへっ」

「放してぇ」

男の手がお姉さんの腕を摑んだぞ！　どうすればいいんだ……。

男たちの顔は凶悪で体も大きい。僕なんかでは太刀打ちできないだろうけど、ここで知らないふりをしたら一生後悔する気がした。こんな悪事を見過ごして、ガンダルシアを理想の島になんてできるわけがない！

力ではかなわなくても、なんとかハッタリで撃退できるかもしれない……。僕は覚悟を決めて大声で叫んだ。

「こらぁ、乱暴はやめるんだ！」

坂を駆け下りると三人は不思議そうな顔で僕を見た。この島に人がいるとは思ってもみなかったようだ。

「なんでぇ、てめえは？」

凄まれて息を呑んだけど、僕はお腹に力を込めて言い返した。

「僕はセディー・ダンテス。この島の領主だ！」

ダンテス家の名前を出すと、男たちは一瞬だけ怯んだ。

「本物か？」

「服を見ろ。それに剣を下げている」

屋敷を追い出されたとはいえ、僕が着ているのは立派な貴族の服だ。

しかも剣は高価なので一般人で買う人は少ない。そんなものを手に入れるくらいなら生活必需品を求める人がほとんどなのだ。

きっとこいつらもダンテス領の人間なのだろう。僕が伯爵家の人間と知って少しだけ態度を改めた。

「これはどうも坊ちゃん。でも俺たちは悪さをしているわけじゃないですぜ」

「そうそう、こいつの父親がした借金の取り立てをしていただけです。証文だってここにあるんですから」

男たちは僕に証文を見せてきた。どうやら本物のようだ。今日までにお金を返せなければ、家と船を抵当にとると書かれている。

「どうです、間違いないでしょう？」

「うん。でも、だからといってお姉さんに乱暴するのはダメだ」

「いやいや、家と船だけじゃとてもじゃないけど借金は返せないんですよ。こいつにも働いてもらわないと……」

僕が子どもだと思って舐めているな。

「嘘だ、証文にはそんなこと書いてないじゃない。抵当に入っているのは家と船だけだよ！」

「チッ！」

男たちは舌打ちしながら周囲に目を配った。

まずい、僕を無視してお姉さんをさらう気か？　それとも口封じに僕を殺してしまうつもりかもしれない。男たちはちらりと視線を交わして相談している。

「どうするよ？」

「さいわいここには誰もいないぜ……」

やっぱり僕に手を出す気なんだ。こちらには剣と魔法があるけど、二人を同時に相手して勝てるだろうか？　それでも、抵抗しなければ僕は殺されお姉さんは連れ去られてしまうだろう。

「っ？」

無意識に握った剣の鞘に違和感を覚えた。これは落とし穴の杖。うん、これを使えば悪人たちを撃退できるかもしれない。

僕は剣ではなく杖を抜いて、先端で男たちの足元を指し示した。

「なんだ？」

「うわっ！」

たちまち深い穴がぽっかりと開き、二人の借金取りが落ちていく。深さは三メートルくらいあるので脱出は難しいはずだ。

「くそっ！　どうなっているんだ？」

「俺を担ぎ上げろ。とりあえず外に出るから！」

そうはいかないぞ。僕はファイヤーボールを手の上に作り出した。

「動かないでくれるかな……」

なるべく低い声を出して威嚇する。僕が攻撃魔法を使えるとは思ってもみなかったようで、男たちはとても狼狽している。

「君たちはお姉さんの家とボートを持っていくのでしょう？　だったら証文を先に渡してよ」

轟々と音を立てる火球を見て、男たちはすぐに手を伸ばして証文を投げて寄越した。僕はそれを確認してすぐに焼き払う。

「うん、これでいい。用はすんだからすぐにこの島から出ていって。さもないと……」

「わ、わかりました、坊ちゃん。二度とこの島には近づきませんので勘弁してください！」

男たちはなんとか穴から脱出すると、自分たちのボートとお姉さんのボートに分乗して去っていった。

二艘《そう》のボートが沖に消えていくのをお姉さんは呆然と眺めているけど、両目からはとめどなく涙がこぼれている。あまりにも辛そうで声をかけづらい。

「どうしましょう、これからどうやって暮らしていけばぁ……」

肩を震わせるその姿は昨日までの僕にそっくりだ。なんとか力になってあげられないかな？

「お姉さん……」

「ごめんなさい、騒ぎを起こして。借金取りから逃げてきたんだけど、けっきょくボートも取られちゃいましたぁ。ボートさえあれば仕事だけは続けられると思ったんだけどなぁ……」

「お金に困っていたの？」

「父さんが病気だったんですぅ。でも、先日亡くなってしまって。これで私は天涯孤独。もう住む家もないし、明日からどうしていいかわかんないですよぉ」

聞けば聞くほど僕の境遇にそっくりだ。やっぱり放っておけないや。

とりあえず家でハーブティーでも飲みませんかと誘おうとしたら、唐突にステータス画面が開いた。

これは、ユージェニーのときと同じで、なにかを開発する条件が解放されたのだろう。

「お姉さんのお名前はなに？　僕はセディー」

「私はルールーですぅ」

「ルールー、ひょっとしたら僕が君の力になってあげられるかもしれない」

ステータス画面を確認した僕は笑みを漏らさずにはいられなかった。

栈橋の作製が可能になりました！
条件：心優しい漁師と知り合うこと。
必要ポイント：4
備考：ボートと漁師小屋をプレゼント。

ルールーを助けたら桟橋が作れるようになったぞ。交友関係が広がって、島の発展の条件が解放されたんだね。

砂浜の一部が銀色に輝いている。あそこにポイントを振れば桟橋ができるのだろう。

「ルールー、漁師小屋ってなんだか知ってる？」

「漁師小屋は漁師の作業小屋ですぅ。忙しい時期にはそこで寝泊まりすることもありますねぇ」

家を失ったルールーにはぴったりだな。ステータス画面には『心優しい漁師と知り合うこと』と書いてある。

つまり、ルールーはいい人なのだろう。だったら漁師小屋を提供しても問題はなさそうだ。

「よーし、ちょっと待っていてね。いま、僕の魔法を見せるから」

「え、魔法って……」

困惑しているルールーをよそに、僕は波打ち際まで下りて行った。残っているポイントをすべて使うことになってしまうけど迷いはない。

「よーし、いくよ！」

光の玉が四つ、僕の体から海へ向かって発射された。玉は波に砕け、目を開けていられないほどの閃光を発し耳をつんざく異音が響き渡った。

「きゃあっ！」

「怖がらないで、すぐに収まるから！」

僕の叫びが響くと同時に怪現象は収束し、浜は静かになった。

青い空に浮かぶ雲、寄せては返す波の音、すべてが元通りだ。

ただ違うのは、砂浜から海へと延びる木製の桟橋が現れたことと、その突端ではロープに繋がれた小さなボートが浮かんでいたこと、浜辺には小さな漁師小屋が建っていたことだった。

「う、うそ……」

「驚いた？　えへへ、これがガンダルシアの領主である僕の力なんだ。しょっちゅう使えるわけじゃないんだけどね」

力が抜けてしまったのかルールーは砂浜にぺたんとお尻をついている。声を出すこともできないくらい驚いているようで、コクコクとうなずくばかりだ。

「さあ、立って。漁師小屋の中を見てみようよ」

「う、うん……」

さてさて、漁師小屋の中はどうなっているのかな？　前世の日本でも、この世界でも、こういった建物の中に入った記憶はない。僕はワクワクしながら扉を開けた。

「へえー、こんな感じなんだ……」

室内は一間で、壁には漁師道具がたくさんかかっていた。網、釣竿、銛《もり》など、一通りのものは揃っているようだ。部屋の中央には作業台と椅子、隅の方にはベッドもあった。

「これだけあれば暮らしていけそうだね。キッチンは外だから使いづらそうだけど」

カマドや洗い場は外にあるのだ。いちおう屋根はついているけど、雨風の強い日は大変そうだった。

「立派ですよぉ。漁師の小屋はだいたいこんな感じですからぁ」

スペックとしては普通なのか。新築物件だけに価値は高いのかもしれない。

「そっか。じゃあ、ここはルールーが使って」

「えぇ？　どうして……」

「だって困っているんでしょう？　それに、この小屋や桟橋を作ることができたのはルールーのおかげでもあるんだ」

僕は自分の能力の特性をルールーに説明した。

「ありがたい話だけど、本当に私が使ってもいいんですかぁ？」

「もちろんさ。外にあるボートも使っていいからね。前のよりは使い勝手が悪そうだけど」

借金のカタに持っていかれてしまったボートには小さなマストがついていたのだ。ところが今度のボートはオールがあるだけの手漕ぎ式である。

「本当に助かりますぅ。あのボートがあれば明日から漁に出られますからぁ」

「そう？　だったらボートを見に行こう！」

僕らは連れ立って外に出た。先ほどまでの気落ちしていた様子は見られず、ルールーの足取りは軽くなっている。僕もすてきなご近所さんができてとても嬉しかった。

栈橋は砂浜から十五メートルほど伸びていた。水深はあまり深くなさそうだから、大型の船は着岸できないだろう。

ただ、こちらもグレードアップは可能で、ポイントさえ振り分けてやれば『栈橋』から『船着き場』にすることができる。

「使いやすそうなボートですねぇ。でも、本当に私が使っていいんですかぁ？」

ルールーは不安そうに念を押した。

「心配しなくてもいいって。ルールーはいい人そうだもん」

「そんなぁ、エヘヘ……」

ルールーは褒められて照れている。

「そのかわり、僕にボートの扱い方を教えてよ。それと釣りのやり方も」

「もちろんですよぉ」

ポイントはすべて使ってしまったので、今日はもう島を開発することができない。それならこれからの生活のためにも、午後は有意義に過ごしたいと思った。

「じゃあ、さっそく釣りをしてみましょうかぁ。その前に、私は餌となるワームを集めてきますねぇ」

「僕もやってみる！」

「伯爵家のお坊ちゃまが虫に触れるのですか？」

「平気さ」

アイランド・ツクールの中では虫を探して大地を掘ると、思わぬ宝物が見つかることが多かった。

こっちの世界でもそれは変わらないかもしれないから、やってみるべきだろう。

キラキラ光る石や錬金素材、場合によってはナゲット《金塊》まで出ることがあったもんな。他にもハーブの種や花の球根など、有用なものがたくさん出てくるのだ。

百合の球根は販売してもよし、育てて花を咲かせてもよし、食材にしてもよしと活用範囲が広かったのを覚えている。見つけられたら茹でて食べてみるとしよう。

「それじゃあ行ってみよう！」

僕らは笑顔で出発した。

スコップなんてなかったので、僕とルールルーは平らな石や板を使って土を掘り返すことにした。

「さて、虫はどこにいるかな……、んっ？」

大地に星形の窪みが見えるぞ。これはアイランド・ツクールではおなじみの印じゃないか！

思い出してきた……。たしか、ここを掘り返せばなにかしらのアイテムが手に入るはずだ。

「やっぱりセディーはお坊ちゃまですねぇ。そんなところを掘ったってワームは見つからないですよぉ。もっと湿った土のところを探さなきゃ。ほら、こんなふうに」

ルールルーが石をひっくり返すと、ウニョウニョと動くミミズが数匹固まって見つかった。

「ね、いたでしょう」

「うん、だけど僕はこの印のあるところを掘りたいんだよ」

「しるし？　なにを言っているの？」

「これが見えないの？　ほら、星の形をしているでしょう？」

「そう言われても、ちょっとわかりませんねぇ……」

ルールーは僕が指し示す部分に目を凝らすけど、星形の窪みは見えないらしい。

どうやら、これが見えるのは僕だけのようだ。この島がゲームの世界だと知っている僕だけの特権なのかもしれない。

「とにかく掘ってみるよ。ひょっとしたらワームが見つかるかもしれないし、もしかしたらもっといいものが見つかるかもしれないよ」

腰を下ろして掘り始めるとルールーも一緒になって覗き込んだ。

「大人びた男の子だと思ったけど、セディーもまだまだ少年なんですねぇ。そんなところを掘ったって石くらいしか出てこないのに……」

コツッ！

むむ、板の先に何かが当たる感触がしたぞ。どれどれ、ここからは慎重に掘り出してみよう。

「おお、トラッタ石が出てきたよ！」

僕が掘り出したのはただの石ころではなかった。指で土をこそげ落とすと、美しいスカイブルーの表面が現れたではないか。大きさは特大のビー玉くらいだ。

「ええっ!?」

トラッタ石は綺麗な石で、飾り細工に使われることが多い。前世のトルコ石によく似ている。宝石ほど貴重じゃないけど、様々な装飾品に使われるので需要は高いのだ。アイランド・ツクールの中でもいい値段で買い取られるアイテムだ。

「きれい……。でも、どうしてそこにトラッタ石が埋まっているってわかったのですかぁ？」

「これも僕の魔法かな……？　と言っても、ガンダルシア島の中でしか使えないんだけどね」

「それでもすごいですよぉ！」

調子に乗った僕はそこら中を走り回って星形の窪みをさらに三つも見つけた。もちろんぜんぶ掘り返したよ。

一つ目は古いコインが一枚、二つ目にはエルメの翼、三つ目に百合の球根を見つけることができた。

古いコインの価値はわからないけどコレクターがいい値をつけてくれるかもしれない。

エルメの翼は錬金素材だったと思うけど、今はまだ使い方を思い出せないな。あいまいな部分はたくさんあるのだ。

百合の球根の用途は先ほども言ったとおりだけど、これは今夜のおかずにしてしまおう。

ミミズも何匹か見つけたし、そろそろ釣りに行こうか。

「ルールー、餌は集まった？」

「こんなに見つけましたよぉ」

籠の中で大量のミミズがうねっている。これなら餌には困らないだろう。

「日暮れにはまだもう少しあるけど、急いだほうがいいかな？」

屋敷にいればそろそろおやつの時間だ。だけど、ここでは夜に食べるものさえない。

「慌てなくてもいいですよぉ。釣りは夕方と早朝がいちばん釣れますから」

「そうなの？」

「ええ、夕マズメと朝マズメと言って、日没や日の出の前後がねらい目なんですぅ」

「だったらちょうどいいね」

「私の秘密のポイントをセディーに教えてあげますねぇ。今はそれくらいしか恩返しができませんから」

漁師にとって釣りポイントは親兄弟にさえも秘密にするくらい大切だと聞いたことがある。それを僕に教えてくれるというルールーの心遣いが嬉しかった。

浜辺より大物が釣れるとのことで、僕らはボートで沖へ出た。

波は穏やかで、夕暮れの海はキラキラと輝いている。辺りはひっそりとしていて、波がチャプチャプとボートを叩く音だけがしていた。

船に乗るのは今生では初めての経験だ。前世ではどこかでフェリーに乗ったけど、いつ、どこだったかは思い出せない。

リアルな釣りも初めてだけど上手に釣れるかな？

「少しでも反応があったら竿を斜めに上げて針を魚に食い込ませるんですよぉ」

「わかった」

そうは言ったものの、自信はまったくなかった。でも、ここで釣れないと夕飯は百合の球根だけになってしまう。

「…………、のわっ！」

手にズシンという大きなあたりがきたぞ！　糸と竿がブルブルと震えて、今にも海に引きずり込まれそうだ。

「いま、糸を巻き取るわ。セディーはタモを用意して！」

「タモ？　タモってなに!?」

「そこに置いてある柄のついた網のことです！」

革手袋をしたルールーが糸を巻き取っていく。僕は長い柄のついたタモを持って待ちかまえる。

糸はどんどん巻き取られて銀色の魚影が姿を現した。

「かなり大きいぞ！」

「これはスズキですぅ！　とっても美味しい魚なの。しっかりすくってね」

「了解！」

スズキはムニエル、スープ、刺身にしても非常に美味しい。絶対逃がしてなるものか！

「今ですよ、セディー」

「やあっ！」

泳ぐ方向に合わせてタモを入れると、スズキは頭から網に入った。

「おお、重い！」

「絶対に手を離しちゃダメよ。いま助けるから」

ルールーは僕の後ろから一緒になってタモの柄を支えてくれた。

「いくよ。せーのーでっ！」

ボートに体長が五〇センチはありそうな、立派なスズキが上がった。

「やったね、ルールー！」

「まだ油断をしちゃダメですよ。跳ねて逃げてしまうかもしれないから」

ルールーはエラにナイフを入れてスズキを絞めていた。それから海水にバシャバシャとつけて血抜きをしている。さっきまでおっとりしていたけど、こういうところは漁師さんなんだなぁ。

「そうやると鮮度が落ちずに美味しいんだよね」

「あら、よく知っていますねぇ」

動画で見たことがあるのだ。おそらく料理動画かなんかと一緒に見たのだろう。ぼんやりとだけど前世では自炊をしていた記憶がある。

「さあ、帰るまでにもう少し釣りましょう」

「うん、夕飯は魚料理でパーティーだ！」

その日はスズキが一匹と、アジを四匹釣ることができた。


キッチンには釣りたての魚が五匹も並んでいた。今からこれを料理してみようと思うのだけど、

伯爵家の三男である僕は調理場に立ったことが一度もない。

そんな必要はなかったし、やらせてもらう機会もなかったのだ。それに、料理なんてしている暇があるのなら、勉強か乗馬、剣の修業をしろと言われたはずだ。

この世界のお坊ちゃまなんてそんなものだ。だけど、前世で日本人だった僕は普通のお坊ちゃまとは少々違う。

プロではなかったようだけど、一通りの料理はできる気がする。前世で僕はいったいどんな人間で、なにをしていたのだろう？

今は名前さえも思い出せないけど、いつかは思い出すのかな？　なんとなく大切なことを忘れている気がするんだよね……。

それはともかく今は料理だ。だって、お腹がペコペコなんだもん。

それに幸福度の問題もある。たっぷり食べて、清潔にして、ゆっくり休まなければポイントは回復しない。

「よーし、美味しいご飯を作るぞ。理想郷への第一歩だ！」

一番星が輝く夜空の下、僕は張り切って料理を開始した。

――Event 2　お月見――

ルールーと釣った魚はとても美味しかった。アジは塩焼きに、スズキはカルパッチョとスープにしたけど最高だったよ。やっぱり釣りたての魚は美味しいね。

本当はもっといろいろと作りたかったのだけど、食材と調味料が圧倒的に足りなかった。キッチンにあったのは塩とオリーブオイル、酢くらいだったんだもん。これでは料理の幅は広がらない。明日にでもルボンの街まで行って食材を買い足しておこう。

ルールーは僕が料理をしたのでとても驚いていた。

「私が作るよりずっと美味しいですぅ。今どきの坊ちゃまは料理をするのが当たり前なんですかぁ？」

普通はしないと思う。そんなのは前世で料理チャンネルを見るのが好きだった伯爵家の三男坊だけだ。

そうはいっても、僕だって簡単な物しか作れないけどね。前世の記憶はまだまだはっきりしないのだ。

お腹いっぱい食べてくつろいでいると、聞き覚えのあるファンファーレが耳元で鳴った。

「この音は何ですかぁ？」

おや、ルールーにも聞こえているようだ。

「やあみんな、ポルックだよ！」

煙とともに現れたのは妖精のポルックだ。今日も元気いっぱいに部屋の中を飛んでいる。

「よ、妖精ぇ？」

ルールーが目を見開いて驚いているぞ。

「ルールーにもポルックが見えるんだね」

「はい、はっきりと」

おかしいな、ポルックの姿は人には見えないんじゃなかったっけ？　ポルックはにっこりと笑って説明してくれた。

「オイラの姿が見えるのは、この島の住人だけなんだ。ガンダルシアに住むことが決まったから、このお姉さんもオイラが見えるようになったってわけさ」

言われてみれば納得だ。

「よろしくな、ルールー」

「はい、よろしくお願いしますぅ」

ポルックはちょっと偉そうにしている。

ところで、どうしてポルックはこんな時間にやってきたのだろう？　日も暮れて外はもう真っ暗だ。ルールーにあいさつしたいというのなら、もっと早い時間に来ればよかったのに。

僕の考えを読んだのか、ポルックはにやりと笑った。

「さあ、楽しいイベントの始まりだぞ！」

「イベントってなんですかぁ？」

そういえばそれがあったな。アイランド・ツクールではチュートリアルだけじゃなくて、季節ごとにいろいろなイベントが発生するのだ。

そのイベントを通して島民との仲がさらに深まり、島も発展していくのがアイランド・ツクールである。

季節は秋だから、この時期にやるのは……。

「本日は満月だよ。だからお月見をやりまーす！」

ポルックが高らかに宣言した。

「そうか、もうお月見の季節なんだね」

日本で中秋の名月を祝ったように、この世界にも秋の美しい月をめでるという習慣がある。今日は晴れていたから、今ごろは海から上った月がきれいに見えるだろう。

さっそく外に出ようとした僕らの前にポルックが立ち塞がった。

「ちょっと待った！」

「どうしたの？」

「ただお月見をしてもおもしろくないだろう？　二人にはオイラが出すクエストをやってもらうぜ」

これもゲームの世界と一緒だな。

「ひょっとして、クエストをクリアしたら楽しい景品がもらえるとか？」

「そのとおり。今晩のクエストはこれだ！」

ポルックが指を鳴らすと、空間に文字が現れた。

クエスト：月の女神の祭壇に捧げるススキを一束取ってこよう！
報酬　：月長石の花瓶と体力の月見団子

「まあ、おもしろそうですぅ」

「そうだね、それじゃあススキを探しに行こうよ」

ルールーも楽しそうに賛成してくれた。


昇ったばかりの月が海上で輝いていた。海は銀色の光を反射して明るく輝いている。これなら暗くて危ないということもなさそうだ。

「満月の晩は危険な生物が活動を止めるから安心してくれ。さあ、元気よくいっといで！」

ポルックに送り出されて、僕らはコテージを出発した。

「でも、ススキなんてどこにあるのかしらぁ？」

ルールーはキョロキョロと辺りを見回した。まだ島に来たばかりのルールーが知らないのはとうぜんだ。僕だってガンダルシアに来てまだ二日目だもん。

でも、どこかで見たような気がするけど……。

「そうだ、ルールーが借金取りに絡まれていたとき、坂の上から見えたんだよ」

たしか北の方に広がっていたはずだ。

坂の上にやってくると、北の方角の土手にススキの群落が見えた。月の光を浴びてススキの穂は銀色に波打っている。

「きれいですぅ……」

幻想的な風景に僕らはしばし見とれてしまった。

「ススキをこんなに美しいと思ったのは初めてですぅ」

「そうだね、僕もきちんとススキを飾るのは初めての経験だよ」

剣の根元でススキを一束刈り取ると、僕らはコテージに戻った。


ポルックがこしらえたのだろう、コテージの前には小さな祭壇ができていた。祭壇と言っても大袈裟なものではない。

台の上に花瓶と白い団子の載った黒いお皿があるだけだ。それでも、ちょっとしたお祭り感が演出されていておもしろい。

取ってきたススキを花瓶に生けると月からの光がお団子にやわらかくふりかかった。

「月の女神ルナールの加護だよ。これを食べれば健康に、そして力が湧いてくるんだ。さあ、召し上がれ」

ポルックのくれた月見団子はもちもちで美味しかった。お団子なんて前世以来だぞ。

「初めて食べましたが、美味しいものですねぇ」

ルールーも気に入ってくれたようだ。うん、なんだか力が湧いてきたぞ。明日から島の開拓をする予定だったからありがたい。

それに月長石の花瓶も気に入った。マジックアイテムではないけど、部屋に花を飾るのに役立つだろう。大きなものじゃないからテーブルの上に置くのにちょうどよさそうだ。

花を飾るってすてきなことだと思う。僕とルールーは一つずつ花瓶をもらうことができた。

「セディーとおそろいですねぇ」

「ルールー、これからもよろしくね」

「はい、私こそよろしくお願いしますぅ」

高く昇った満月の下で、僕らは固い握手を交わした。

Chapter3
娘ができた!?

Tips

畑を整備しましょう。
枝や石が落ちていると
作物は育ちません。
それらをどかして
耕してください。

一夜明けると僕のレベルと幸福度の二つが上がっていた。

セディー・ダンテス：レベル2
保有ポイント：6
幸福度：86%
島レベル：2

きっとルールーというよき隣人を得て、お腹いっぱい食べて、井戸の水で体を洗い、鍵のかかるしっかりとしたコテージで寝られたのがよかったのだろう。

幸福度は82%↓86%に、保有ポイントは6まで回復していた。

島レベルも2に上がったぞ。これで各種施設や動植物を第二段階までレベルアップさせることができるようになった。

今ならこのコテージも次の段階へグレードアップできるだろう。もっとも、それ相応のポイントは必要になってくるから、おいそれとは使えないけどね。

朝食に前日のスープの残りを平らげて、僕は表へ出た。今日は朝のうちにやっておきたいことがある。ポイントは6あるので家の前に家庭菜園を作ることにしたのだ。

作製可能なもの：家庭菜園
説明：農作物を作ってみましょう。
必要ポイント：3
備考：畑を作ると、農具置き場とカブの種をプレゼント。

さっそくポイントを使用すると家庭菜園が現れた。広さは……そう、十二畳くらいだ！

この島に来てから日本人としての記憶もだいぶよみがえってきているなあ。ものの単位なんかも思い出してきたぞ。自分自身についてもそのうち思い出すかもしれない。

畑はできたけど、石や枯れ木などがたくさん落ちていた。こういうのをきちんとどかさないと作物が育たないんだよね。

そういうところはアイランド・ツクールと同じなのだろう。石や木を脇に除け、雑草を抜き、畑を耕してからカブの種をまいた。じょうろで水をやるのも忘れない。

それにしても、スローライフ系のゲームの畑ってカブが多くない？　どうしてなんだろうね？

まあいいや。このガンダルシアは超促成栽培。種をまいて水をやれば、三日くらいで収穫できるはずだ。きっと、すぐに美味しいカブが食べられるだろう。

酢漬けにしてもいいし、魚のスープに入れても美味しいぞ。酢漬けにするなら瓶が必要になるな。

よし、今日こそルボンの街へ行って買い物をしよう。

せっかくルボンの街へ行くのだからルールルーも誘うことにした。魚を売りたいと言っていたからちょうどいいはずだ。

コテージの裏の道を海岸へ向かって下りていくとルールルーの漁師小屋が見えた。上から見下ろすと赤い屋根であることがわかる。

周囲に姿は見えないけど、ボートは桟橋につないである。きっとルールルーは家にいるのだろう。

「おはよう、ルールルー。一緒にルボンへ行かない？」

ドアをノックしたけど返事はなかった。ひょっとして一人で行ってしまったのだろうか？

それならいいけど、昨日の借金取りがまたやってきて、連れ去ったなんてことはないよね？

ヤキモキしていると海の中から人影が現れた。

「エルレーンの亡霊!?」

「いやですねぇ、私です、ルールルーですよぉ」

顔に張り付いた髪をかき分けると、にっこり笑ったルールルーの白い歯が見えた。

「あ～びっくりした。海の中から出てくるから、てっきりエルレーンの亡霊かと思ったよ」

「うふふ、海の中に引きずり込まれると思いましたかぁ？」

ルールルーはご機嫌だった。エルレーンの亡霊は美人という噂だから、それで喜んでいるのかもしれない。

「海で何をしていたの？」

「素潜りをしていました。ガンダルシア島は凄いですよぉ。貴重なアワビや大海老がうじゃうじゃ

います ぅ」

ルールーは少し疲れた顔をしていたけど、満足そうでもあった。

「これを見てください」

自慢げにさし出された桶の中には、大きなアワビや大きな海老がゴロゴロしていた。

「うわあ、大漁だね」

「もちろんセディーにも分けてあげますよぉ。今日だけじゃない。毎日、魚を届けますぅ。それだけじゃ恩返しにならないかもしれないけど……」

ルールーの目は真剣だった。

「そんなに気を遣わなくていいんだよ。説明したとおり、僕の力はいろんな人と交流して発動するんだ。この桟橋や漁師小屋を作れたのはルールーのおかげでもあるんだから」

「それでも、私はセディーのために何かしたいのです」

「ありがとう。どちらもありがたくいただくね」

ルールーのおかげで今日のご飯の心配はほとんどなくなったぞ。

「ところで私に何か用でしたかぁ？　今から獲れたものを売りに行こうと思うのですがぁ」

「僕もルボンの街へ行くから誘いに来たんだ。一緒に行こう」

保存のために、もらったアワビと大海老は網に入れて海の中に沈めておいた。本当はキッチンに冷蔵庫を置きたいけど、それには2ポイントが必要だ。

いつ、どんなものが必要になるかはわからないので、まだまだ贅沢はしない方がよさそうだ。累積ポイントが15くらいになったら購入してみようかな。

冷蔵庫は氷冷魔法を駆使した貴重な魔道具だ。買えば１００万クラウンくらいはすると思う。それがポイントでもらえるんだからすごい話だよね。

もし、手に入れた冷蔵庫を島の外へ輸出できるのなら、とんでもない儲けになるけど、それは不可能である。

島の外へ出したとたんに消えてしまうからだ。ポイントで手に入れたものは島の外へは持ち出せないというのがアイランド・ツクールのルールである。そうじゃなかったら大金持ちになれたのにね。


ルボンは比較的大きな街だった。しっかりとした外壁があり、大通りは石畳になっている。経済規模も大きそうだから、僕らが持ち込む品も買い取ってもらえるだろう。

人に道をたずねながら行くと、親切なおじさんが『サンババーノ』という雑貨店のことを教えてくれた。

おじさんは顔に大きな傷があったり、小指がなかったりしたけど、気さくな人柄で僕の質問に丁寧に答えてくれた。

「素材の買い取りならサンババーノがいちばんですぜ、坊ちゃん。三人の魔女がやっている店です」

「魔女……？」

「怖がることはありません。サンババーノの連中は見てくれこそ怖いけど、気のいいばあさまたちです。不当な値段をつけることもない正直者ですから」

「だったら安心だね。ご親切にありがとうございます」

おじさんにお礼を言って、ルールーと予定を決めた。

「私は食料品店へ行ってきますぅ。新鮮なうちに大海老とアワビを売ってしまいたいので」

「じゃあ、僕は魔女の雑貨屋さんに行くよ。あとでここの広場で待ち合わせよう」

「一人で大丈夫ですかぁ？　さっきのおじさんも胡散臭そうな人だったし……」

「お店くらい一人で平気さ。じゃあ、また後でね」

ルールーと別れて、教えてもらった裏通りを進んだ。

狭い路地にびっしりと並んだ家のひさしがトンネルを作っている。日陰はじめじめしていて、どこからか食べ物の腐った匂いが漂っていた。

こんなところにお店があるのかな？　ちょっと怖い感じのする区域なんだけど、本当にまともな店なのだろうか？

ドキドキしながら進むと、道は袋小路になり、そこに斜めに傾いた家が建っていた。

塗装のはげかけた板葺《いたぶ》きの屋根、くすんだ緑色のドア、柱はかなり傾いていて、どうしてこれで倒れないのか不思議なほどだ。

軒の上には看板が掛かっており、イモムシがのたくったような字でこう書いてあった。

『高級魔法道具専門店　サンババーノ　高額買い取りやっています』

怪しさ大爆発である。

こんな斜めのドアが開くのかと疑問に思ったけど、ドアノブに手をかけると扉は驚くほどスムーズに開いた。

店の中は薄暗く、雑多なものがところ狭しと積み上げられている。本、埃をかぶった薬瓶の数々、ひからびた魔物の標本、十把一絡げに束ねられた杖、用途不明な魔道具の数々、などなど……。

ドアの正面に三体の人形が並べられていると思ったら、これが店の店主だった。五つの小さな目がじっと僕を見つめている。おばあさんたちの体格は大中小で、真ん中のおばあさんは片方の目に黒い眼帯をしていた。

三人とも同じ顔、コロコロとした体形で、ぼさぼさの髪をひとまとめにしている。服も同じ黒のロングドレスだった。

「いらっしゃい……」

いちばん小さなおばあさんが口を開いた。陰気な声をしている。

「買い物かい？　それとも買い取りかい？　冷やかしならすぐに帰りな！」

真ん中のおばあさんは攻撃的な口調だ。

「まあまあ、小さな子どもを怖がらせるんじゃないよ。坊や、何をしに来たんだい？」

いちばん大きなおばあさんがいちばん優しそうだった。

「か、買い取りをお願いしたくて来ました」

声がかすれてうまく出せなかったけど、僕はなんとか目的を告げた。

「そうかい、そうかい。何を売ってくれるのかな？　血？　それとも髪の毛？　坊やのだったら高値で買い取るよ。ひひひ……」

「クソショタ魔女が……」

小さなおばあさんが呟くと大きなおばあさんが激高した。

「スモマ、少し黙っていな！　その生意気な口を糸で縫い付けるよ！」

「ビグマ姉者、そう怒るな。姉者がかわいい子どもに甘いのは事実」

「うるさいね、ミドマ。アタシはちゃんと商売をしているんだ。余計なことは言わなくていいんだよ！」

大きいのが長女のビグマ、中くらいのが二女のミドマ、小さいのが三女のスモマという名前のようだ。

「これを買い取ってください」

星形の窪みから掘り出したアイテムを僕はカウンターに並べた。

「ほう、トラッタ石にマボーン帝国のコイン、エルメの翼かい」

古いコインはマボーン帝国っていう国のコインなんだ……。

あれ、マボーンという名前には聞き覚えがあるぞ。思い出した、アイランド・ツクールによく出てきた設定だ。

「マボーンって古代に栄えた魔法帝国のことですよね。たしか帝国の遺品には高い魔導的価値があったはず」

「チッ、知っていたのかい……」

ミドマが悔しそうに舌打ちした。ひょっとしてコインを安く買いたたこうとしていたの？

「賢い男の子は大好きさ。さあ、買い取り価格はこんな感じだよ」

ビグマが投げた古ぼけた羽ペンが空中で羽ばたき、さらさらと紙の上で動いた。鮮血のような赤いインクが紙に染み込んでいく。

トラッタ石　……　600クラウン
マボーン帝国の金貨　……1万2000クラウン
エルメの翼　……　3000クラウン

合計　……1万5600クラウン

自動筆記を使える人なんて初めて見たぞ。相当な使い手でなければ、こんなことはできないはずである。この三人の魔女は恐ろしい力を持っているようだ。

「どうする、坊や？　これでもだいぶオマケをしたんだよ」

「売るならさっさとおし！」

「公正取引……」

三人の魔女は同時に喋り出す。

他に買い取り店を知らないし、探すのは時間がもったいない。それになんとなくだけど、これは一般的な買い取り価格のような気がする。前世におけるゲームの記憶がそう思わせるのだ。

「じゃあ、それでお願いします」

スモマは手提げ金庫を取り出し、口の中で呪文を唱えてロックを解除した。

チラッと見えたけど、中には金貨がぎっしり詰まっていた。この店は見かけ以上に繁盛しているようだ。

ミドマは歯の抜けた口を大きく開けて笑う。

「間違ってもこの金庫に触れようなんて考えるんじゃないよ。許可なく触れれば動物になっちまうからね」

ビグマも大きくうなずいている。

「試してみるかい？　坊やが触ればかわいい子ぎつねになるだろうね。安心おし、そうなったら私がちゃーんとかわいがってやるからね、ひひひ……」

こ、こわい。サンババーノ、怖すぎる！

「あ、ありがとうございました」

「またおいで……」

スモマの声を背中に受けながら、僕は逃げるようにサンババーノを後にした。

サンババーノを出てから、市場で大きなパン、卵、バターや小麦粉、玉ネギなどを買った。

アイテムを売ったばかりだし、ポール兄さんにもらったお金もあったので懐には余裕があったのだ。

それから雑貨店に行って必要な物も揃えていく。カブの酢漬けを作る陶器の瓶、背中に背負う大きな籠を一つ、小さなスコップも手に入れた。

背負い籠は収穫物を入れるためのもの、スコップは星形の窪みを掘るためのものだ。やっぱり石や木で掘るのは効率が悪いからね。

道具類は値段が高かったけど、これは大切な先行投資である。出し惜しみはしない方がいいだろう。でも、お金に余裕があるとあれもこれも欲しくなるから困ってしまうな。

例えばスパイスのセットとか、貴重なお砂糖とかね。他にもお洒落なマグカップやお皿なんかも欲しくなってしまう。

カップやお皿はキッチンについていたけど、やっぱり自分が気に入ったデザインを使いたいのだ。借金をしてまで手に入れるのはどうかと思うけど、無駄遣いだって人生の大事な調味料だと思う。ささやかな喜びって大切だよ。

それに、僕にとって幸福度は重要な問題だ。幸福度が低ければポイントが回復しない。ポイントが回復しなければ島を発展させられない。島が発展しないと生きていくのが難しくなってしまう。

というわけで、お砂糖と紅茶とスパイスを買ってしまった。仕方がないよね、これもガンダルシアを理想郷に近づけるためなんだから！

◆

翌日もスッキリと目覚めることができた。

セディー・ダンテス：レベル2
保有ポイント：11
幸福度：91％
島レベル：2

本日の幸福度は91％、ポイントは8回復して11になっている。

昨日の夕飯にアワビのバターソテー、大海老と玉ネギのスープ、美味しいパンをお腹いっぱい食べて満足したからだろう。

久しぶりに甘い紅茶も飲んで満足度はマシマシだ。これでお風呂があれば幸福度は100％になったかもしれないなあ。

アイランド・ツクールにもお風呂とか温泉があったような気がするんだけど、どうすれば出現したっけ？　まだまだ思い出せないことはたくさんある。

紅茶を淹れて、魔導コンロでパンを温め直した。朝食のパンにバターがついているだけですごく贅沢な気分になってしまうな！

屋敷では当たり前だったことが、ここではこんなに幸福に感じるんだね。次はジャムを買っておこう。果物の種が手に入ったら自分でジャムを手作りするのもおもしろそうだ。

さあ、今日も一日頑張るぞ！


身支度を整えて表に出た。最初にやるのは畑仕事だ。昨日種をまいたカブはどうなっているだろう？

「やっぱり、カブの葉が地面から生えている！」

わかってはいたけど、この目で見るまでは確信を持てなかったのだ。種をまいて一日で葉が出るなんて、やっぱりここはアイランド・ツクールの世界なんだなあ。

それにしても、家庭菜園にはどういうわけか岩や枝が出現する。すっかり取り払ったとしても、数時間後には新しいものが現れるのだ。

そのまま放置しておくと収穫に影響が出るのできれいに取りのぞくのだけど、これがけっこう厄介だ。

三日で収穫という超促成栽培だから、きっと魔法的な何かが原因なのだろう。

文句を言っても仕方がないので、僕は岩と枝を集め出した。岩は畑の隅に、枝はひとまとめにしてルールーに届けるつもりだ。

漁師小屋には魔導コンロがついていないので、煮炊きにはもっぱら焚き火が使われる。

それに、ルールーは獲物を求めて海の深いところまで潜ることがある。とうぜん体が冷えるので、焚き火は欠かせないのだ。

菜園の掃除はあらかた終わり、最後に大きな岩が残った。

僕の頭よりも大きくて、子どもである僕には持ち上げられないほど重い。だけど、テコを使って転がせば、畑から出すくらいはできるだろう。

「よーし、岩の縁にスコップをひっかけて……、おや？」

大岩の隅に小さな生き物がいた。これは……黄色いトカゲ？　一〇センチくらいの爬虫類が岩の陰で丸くなっていた。

「おーい、今から岩をどかすんだ。危ないからどいてよ」

声をかけたのだがトカゲは動こうとせず、濡れた黒い瞳で悲し気に僕の顔を見つめている。

「もしかして、動けないの？」

驚いたことに、黄色いトカゲはコクコクと小さくうなずいた。さらに驚いたことに、黄色いトカゲの体がキラキラと光っているではないか。これはポイントの割り振りが可能な合図だ。

育成可能
説明：かわいそうな生物を助けますか？
必要ポイント：3
備考：島の動植物にポイントを割り振ることができます。
ポイントを与えられた動植物はすくすくと育ちます。

トカゲは衰弱していて、このまま放置したら死んでしまいそうだった。さいわい保有ポイントは11あるから育成は可能だ。

トカゲはじっと僕の顔を見つめ続けている。そんなふうに見られたら知らないふりなんてできないよ。

「いま助けてあげるからね」

ポイントでコテージの家具を揃えたかったんだけど仕方がない。この子を育成するとしよう。

僕から飛び出た光の玉がぶつかると、トカゲはすぐに元気を取り戻した。悲し気に濡れていたつぶらな瞳はもう生気で溢れている。

嬉しそうにこちらに寄ってきたので指で頭を撫でると、気持ちよさそうにしていた。

こうして見るとかわいいなあ。

おや、脚から肩の上に登ってきたぞ。懐かれてしまったようだ。

「この岩をどかしたら森へ探検に行くけど、僕と一緒に来る？」

聞いてみると、トカゲはコクコクとうなずいた。やっぱり言葉がわかっているようだ。なんて賢いトカゲなんだろう。この子ならペットにするのも悪くない。

僕のレベルは2なので、育成はもう一段階可能だ。必要ポイントは8で、保有ポイントとちょうど同じである。

おもしろそうだからもう一段階成長させてみようかな。幸福には楽しい相棒が欠かせないだろう。そう考えて残りのポイントも使ってしまった。

畑仕事の後は枯れ枝の束をルールーのところへ持っていった。

「あら、かわいい子を連れていますねぇ。こんにちはミニトカゲちゃん」

「ミニトカゲちゃんじゃないよ。この子はシャルロットっていうんだ。さっき名前を付けたんだよ」

「ずいぶんとかわいらしい名前をつけましたね。シャルロット、魚を食べる?」

ルールーがアジの切り身を差し出したけど、シャルロットはプイッと横を向いてしまった。どうやらお気に召さないようだ。……あれ?

「シャルロット、お前、ちょっと大きくなっていないか?」

「どうしたの、セディー?」

「最初に見つけたときはこれくらいだったんだけど、一回り以上大きくなっているんだ」

「え〜、そんなに急に成長するなんてことあるのかなぁ?」

僕にもわからない。だけど、最初は一〇センチくらいだったのだ。それなのに今は一五センチ以上あると思う。ポイントを割り振った影響かな?

「お前、どこまで大きくなるんだ?」

訊いてみたけど、シャルロットは不思議そうに首を傾げるばかりだった。

目覚めると部屋の中は暗かった。天気は曇りで太陽の光がいつもより弱かったのだ。

低気圧のせいか、目覚めがすぐれない。こんな日は熱い紅茶にお砂糖をたっぷり入れて……、はっ!?

僕は腕に妙な違和感を覚えて飛び起きた。

「な、なんなの、この子？」

これは夢だろうか？　僕の隣で小さな女の子が寝ているんだけど……。

見た感じはまだ五歳くらい、ぷっくりとしたほっぺに金色の巻き髪が特徴的だ。

僕の腕にしがみつくように寝ているけど、こんな知り合いはいないはずだぞ。家に招いた覚えだってない。

寝る前に玄関の鍵はしっかりかけたから、迷い込んでくるのも不可能だ。いったいどこから入ってきたのだろう？

起こすのはかわいそうかな？　でも、さっさと素性を確かめておきたいと思い、ほっぺを指でつついてみた。

「んん～……」

起きた。ぼんやりした目で僕を見ているぞ。このつぶらな瞳には見覚えがあるけど、いったい誰だったかな？

「おはようございましゅ、父上……」

娘だった!?　いやいや、あり得ないでしょう。

「父上？　僕が？」

僕、まだ十二歳なんだけど……。

「君は誰なの？」

「シャルロットであります」

「シャルロットというと……、ええっ!?」

シャルロットって、僕が助けたトカゲのこと？

僕は二人の下半身を包んでいる毛布をめくってみた。だけど、そこにあるべきトカゲの体はどこにもない。この子は人間の体をしているぞ。

黄色い服はトカゲのシャルロットと同じ色だけど……。

「本当にシャルロットなの？」

「そうですよ。父上がお家に入れてくれたではないですか」

確かに、昨晩シャルロットを家の中に入れたのは覚えている。外に置いとくのはかわいそうだと思ったんだ。だけど、まさかこんなことになるなんて……。

「本当に君があのトカゲ？」

そう訊くと、シャルロットはムッとしたように頬をふくらませた。

「トカゲじゃないです！　シャルロットは黄龍《コウリュウ》であります！」

「黄龍!?」

最強種のドラゴンじゃないか！　なんか、とんでもないものを育成してしまった気がする……。

「どうして黄龍がこんなところにいるの？」

「さあ……？　気が付いたら穴の中にいました」

「穴って、畑の？」

「いいえ、山の中の洞窟です。真っ暗だったので自力で出てきたのであります。でも、ここまで来たら力尽きてしまって……」

「そこで僕と出会ったんだね」

黄龍は五百年に一度、洞窟の奥で卵を一つだけ産むそうだ。きっとこの子は生まれたばかりなのだろう。だから五歳児くらいの体なんだな。

もしシャルロットがガンダルシアで生まれたとすれば、この島にも洞窟があるということになる。

そういえばアイランド・ツクールでも、不思議な洞窟へ続く封印された扉があったような気がする……。

「父上、お腹がすきました」

僕の心配をよそにシャルロットは天真爛漫だった。眉を八の字にして空腹アピールだ。とてもかわいらしい。

トカゲは虫などを食べると聞いたけど、ドラゴンは何を食べるのだろう？

シャルロットは人間の姿をしているから、僕と同じものでいいのかな？

「父上ぇえ、お腹がぁあ……」

「あ、うんうん、いま朝ご飯にするね」

ん、父上って認めちゃっていいのかな？

まあいいか、今さら放り出すわけにもいかないもんね。

「シャルロットは……」

自分で名付けといてなんだけど、いちいちシャルロットと呼ぶのは面倒だな。

「これから君をシャルと呼ぶけどいいかな？」

「はい！　シャルロットはシャルと呼ばれることが気に入ったであります！」

僕とシャルはベッドから出て、朝の準備に取り掛かった。


シャルは食欲旺盛で、出されたパンやスープを平らげていた。体は僕よりずっと小さいのに食べる量は同じくらいなのである。

「満足したかい？」

「お腹いっぱいです、父上。父上のお料理はとっても美味しいであります！」

褒められればやっぱり悪い気はしない。お昼ご飯も頑張って美味しいものを作るとしよう。

「父上、母上はどこにいるでありますか？」

「それは僕が聞きたいよ。シャルのお母さんはどこへ行ったんだろうね？」

「う〜ん、きっと用事があってどこかへ出かけたんですよ」

「そうかもしれないね」

考えてもわかるわけがないので、シャルのお母さんのことは保留にしておいた。

「それじゃあ次は外へ行くよ」

「お外で何をするでありますか？　シャルと遊ぶのですか？」

「シャルと遊ぶ前に畑仕事をしなくちゃね。もう少しでカブが収穫できるから、今日も手入れを頑張らなきゃ」

「ふぉおお！　シャルもお手伝いします！」

「ありがとう」

こんな小さな子どもがお手伝いもないだろうが、きっと一緒にやってみたいのだろう。

「それじゃあ水やりと菜園の整備をやっていこう」

いつものように井戸でじょうろに水を汲み、カブにかけていく。

葉は青々と茂り、カブの実はだいぶ大きくなった。このぶんなら、明日には無事に収穫できそうだ。

「次は雑草を抜いて、木や石を片付けるよ」

「はーい！」

今日も突如現れた枝や岩が畑に転がっている。理不尽に感じなくもないが、これもアイランド・ツクールの仕様なのだ、状況を受け入れるしかない。

でも、昨日よりも大きな岩が落ちているなあ。これはテコを使っても動かないかもしれないぞ。

「せーの、う～ん……」

シャベルで転がそうとしたけど、やっぱり上手くいかなかった。

「父上、なにをして遊んでいるのですか？」

顔を真っ赤にして力む僕に、シャルが無邪気に尋ねた。

「遊んでなんていないよ。この岩を動かそうとしているだけさ」

岩はシャルくらいの大きさがあった。

「この岩を動かすでありますか？」

シャルが短い腕を大岩にかけたぞ……。

「ちょっと、シャル。危ないから――」

「フンッ！」

って、それを持ち上げちゃうの!?　シャルはウェイトリフティングの選手みたいに大岩を頭上高く掲げている。

「父上、これはどこに？」

汗一つ流さず、余裕の表情でシャルが訊いてくる。

「あ、あっちにお願い……」

石置き場を指さすと、シャルはその場を動くことなく大岩を放り投げた。

「フンスッ！」

ズシン！　重たい音が響いて、大岩は地面にめり込んでいた。

「邪魔な岩をやっつけたであります！」

鼻を膨らませるシャルは頼もしかった。さすがはドラゴンの子どもだ。体は小さくても力持ちなんだね。

「すごいや、シャル。ありがとう」

「父上に褒められた！　フンッ！　フンッ！　シャルはもっと岩を放り投げるであります！」

どかしたばかりの大岩をもう一度投げようと、シャルは嬉しそうに飛びついた。せっかく除けたのに、畑に戻されたらたまらない。

カブが潰れてしまったら目も当てられないぞ。

「いやいや、畑はじゅうぶんきれいになったよ。それより次は探検に行こう」

「探検でありますか？」

「そう、この島にはまだ僕の知らない場所がたくさんあるからね。二人でいろいろ調査してみようよ」

「行くであります！」

これまでは怖くて行けなかった島の奥地も、シャルと一緒なら平気そうだ。必要な道具を揃えて僕らは探検に乗り出した。

シャルと一緒に森の奥へと続く小道に分け入った。

道といってもうっすらと形跡があるだけで、草ぼうぼうで歩きにくく、気を抜くとすぐに見失ってしまうくらい、か細い道だ。

「父上、この奥には何があるのですか？」

「それがわからないから調査するんだよ」

「おお！　探検とは知らない場所へ行くことなのですね！　シャルは探検が大好きであります！」

好奇心旺盛なシャルは元気いっぱいにはしゃいでいる。

剣を抜いてやぶを払いながら進んでいくとオレンジの木を見つけた。枝には熟した実がたわわに実っているではないか。

そうそう、ゲーム内でも果物の木は何本か生えていたな。

定期的に収穫して、食べたり、販売したりしたものだ。ゲームの初期には重要な食料・収入源になったのを思い出したぞ。

「父上、太陽の実がなっています！」

「これはオレンジだよ」

「ほほぉ、オレンジでありますか」

「オレンジを食べたことはある？」

「食べられるでありますか!?」

シャルは目をキラキラさせながらオレンジを見上げている。食べてみたくてしょうがないようだ。

僕は剣を振って、実の一つを切り落とした。

「いただきます！」

皮がついたままのオレンジにかぶりつこうとするシャルを慌てて止めた。そんなことをすれば苦くて仕方がないだろう。

「待って、皮をむいてから食べるんだよ」

「皮をむく？」

「その方が美味しく食べられるんだ。かしてごらん」

剣の柄に近い部分で切り込みを入れてから皮をむいた。途端に柑橘系の爽やかな香りが周囲に広がっていく。シャルは涎《よだれ》を垂らしそうな勢いで身をくねらせた。

「いい匂いがします！」

「ほら、食べてごらん」

子房に分けた実を渡すと、シャルはそれを小さな口に詰め込んだ。

「ん――っ！　美味しいであります！　シャルはオレンジが大好きであります！」

ずいぶんと気に入ったようだな。夕飯も朝食も喜んで食べていたけど、そのとき以上のがっつきようだ。きっと甘いものが好きなのだろう。

僕も一口食べてみたけど、甘くて、ジューシーで、香りもよく、とても美味しいオレンジだった。

ダンテス家の屋敷でもこれほどのオレンジは出てきたことがないぞ。これなら街の人も喜んで買ってくれるだろう。

「今は荷物になるから、帰りに収穫しようね。そうしたら明日の朝ご飯になるから」

「たくさん収獲するであります！」

「そんなにたくさんは無理だよ。持てなくなるもん」

「シャルがカゴを背負うであります」

そういえばシャルは力持ちだったな。僕らはオレンジの木を通り過ぎ、さらに森の奥へと進んだ。

道は森の向こうにそびえる岩山まで続いていた。コテージからここまでは七〇〇メートルくらいだったけど、やぶを切り開きながらだから一時間くらいかかってしまった。

目の前にはいかにも怪しい、黒くて大きな岩がある。そして、その岩がやっぱりキラキラと輝いていた。

作製可能なもの：小規模な洞窟
説明：各種素材が得られる洞窟。
**　　モンスターが襲ってくることがあるので注意しましょう。**
必要ポイント：5
備考：洞窟の鍵をプレゼント。スペアキー付き。

「シャル、ここに見覚えはない？」

「ここ？　……あっ！　シャルはこの山の地下から出てきたでありますよ！」

やっぱりこの奥に洞窟があるのだな。

ポイントを振ればその入り口が現れるのだろう。

洞窟は島を発展させるうえで重要な場所になる。錬金術の素材や貴重なアイテムが隠されているからだ。

しかも開発を進めれば、小規模な洞窟　→　洞窟　→　地下ダンジョン、といった具合に成長して、よりレアなアイテムをゲットできるようになる。

ただし、規模を大きくしてしまうと出現する魔物も強力になっていくので注意が必要だ。ダンジョンは装備や持ち物を充実させて臨まないと、あっけなくゲームオーバーになってしまう。この世界でそれは死を意味するのだ。

とはいえ、洞窟が魅力的であることはかわりない。ポイントは8あるのでさっそく作ってしまおう。

出来上がった洞窟の入り口には鉄格子がついていた。入り口のドアには大きなカギが差さったままになっている。

僕はさっそく鍵を抜いてズボンのポケットにしまった。これで魔物が外に出てくることもないし、他所の人が勝手に洞窟へ入ることもできないだろう。

「クルルルル……」

「どうしたの、シャル？」

シャルが洞窟の奥の暗闇を見つめながら小さな唸り声を上げた。

「魔物がいるであります……」

目を凝らしてみたけど、僕には見えない。ドラゴンの特殊能力なのだろう。

「どんな魔物？」

「虫ですね。これくらいのカマドウマが三匹」

シャルは両手を大きく広げた。大型犬くらいのカマドウマか……。襲ってきたら厄介そうな敵だ。

やっぱり洞窟は一筋縄ではいかないな。

「たいした敵ではないであります。シャルのパンチでやっつけるであります！」

つぶらな瞳に獰猛な色が滲んでいる。頼もしい限りだけど今すぐ洞窟に入る気はない。

「中を調査するにはランタンが必要だよ。洞窟の中は真っ暗だからね」

だけどシャルはすぐにでも洞窟に入りたそうだ。

「明かりがなくてもシャルには見えます。父上は見えないですか？」

「うん、僕には無理だ。それにランタンだけじゃなくておやつだっているだろう？」

「おやつ!?　それは絶対に必要であります！」

シャルも納得したようで、僕らは一度コテージへ引き返すことにした。

洞窟からコテージまで、行きは一時間かかったけど帰りは十五分でたどり着いた。

顔にかかる草がなければ歩くのはずっと楽になるのだ。今後もこの道は何往復もするだろうから、さらに踏み固められていくだろう。

コテージにたどり着くと、ユージェニーがグリフォンのギアンと一緒に僕の帰りを待っていた。

「こんにちは、セディー。あら、その子は？」

ユージェニーがシャルに気が付いた。人間の姿をしているからシャルの正体がドラゴンとは気づかないだろう。

「むむ、父上、こちらは母上ですか？」

「なっ!?」

ユージェニーが絶句しているぞ。

そりゃあそうだよね、十二歳で母親扱いされれば驚くだろう。僕もそうだった。

「違うよ、この人はユージェニー。僕の幼馴染さ」

「セディー、あ、あなた、子どもがいたの!?」

「そんなわけないだろう」

婚姻が早い貴族の子弟でも、十二歳で父親になる人間は少ないぞ。中にはそういう人もいるらしいけど、僕自身は身に覚えがない。

まあ、シャルが僕のことを父親として慕ってくれていることは嬉しいし、僕もその思いに応えたいと考えているけどね。

僕はこれまでのことを説明した。

「あ〜、びっくりした。私の知らないうちにセディーが結婚していたのかと思ったわ」

「何言っているんだか。婚礼があるのならユージェニーも招待するに決まっているだろう」

「……ばか」

どういうわけか、ユージェニーは不機嫌になってしまった。

「なにを怒っているんだよ。それよりも、今度は洞窟を作ったんだ!」

洞窟の説明をすると、ユージェニーはすぐに機嫌を直した。

「おもしろそうじゃない！　私も連れていって」

「危ないからダメだよ」

万が一ユージェニーが怪我でもしたら、シンプソン伯爵夫妻に申し訳が立たない。

「平気よ、ギアンがいるんだから」

グリフォンは強い魔物だ。お嬢様であるユージェニーが好き勝手に出かけられるのもギアンが一緒だからである。

「そうですよ、父上。お二人はシャルがお守りするであります」

最初に作られる小さな洞窟に強い魔物はいなかったはずだ。ここでゲームオーバーになった記憶もない。準備さえしっかりすれば大丈夫か。

「ユージェニー、魔石の予備はある？」

「これをどうぞ」

ユージェニーはポケットから二つも魔石を取り出して渡してくれた。どちらもなかなか大きな粒だ。これだけあれば光量最大で使ってもランタンは数時間持つだろう。

ギアンという思わぬ助っ人も現れたし、洞窟探検をするには絶好の機会かもしれない。

「それじゃあ、行ってみようか！」

僕らはそろって洞窟への道を引き返した。


少し力を籠めると、重い鉄格子は音もなく開いた。ランタンを高く掲げてみたけど、洞窟内に動くものは見えない。

「シャル、魔物の気配はある？」

「今はいません。さっきの虫はどこかへ行ったみたいであります」

「それでも慎重に進みましょう。ギアン、先頭を歩いて」

ユージェニーの命令にギアンはズイッと前に出た。

小さな洞窟の魔物ならギアンの敵ではないのだろう。ギアンの様子に緊張の色は見えない。

少し奥に進むとランタンの光を反射して何かがキラキラと輝いた。

「あれは何かしら？」

ユージェニーは少し怯えた声を出した。ダンジョンスパイダーなどの瞳は暗闇で赤く輝くのだ。

だけどあれはそういった類の光じゃない。

「あれは、イチゴ石だよ！」

洞窟の壁に赤い石が露出していた。

イチゴ石は薄紅色で光沢のある石だ。宝石としての価値は低いけど魔力波を変化させる性質を持っているので、魔道具作りには欠かせない素材なのだ。

豆粒くらいの石は二束三文だけど、大きなものはそれなりの値段で買い取ってくれるはずである。

魔道具を扱うサンババーノならきっと引き取ってくれるだろう。

「拾っていきたいけど、岩にぴったりとくっついているぞ。ナイフでほじりだせるかな？」

「赤い石を集めるでありますか？」

「そうだよ、シャル。豆粒くらいのは要らないけど、どんぐりくらいの大きさのが欲しいんだ」

「わかったであります！」

シャルが小さな手を構えると、それはたちまちドラゴンの前足になった。小さいながら鋭い爪が伸びている。

「掘るべしっ！　掘るべしっ！」

シャルが勢いよく手を突き出すたびに岩が穿たれて、イチゴ石が掘り出されていく。その姿に圧倒された僕とユージェニーはただぼんやりと眺めているだけだった。

「疑っていたわけじゃないけど、シャルちゃんは本当に黄龍だったのね……」

「最強種であります！」

シャルはますます調子づき、爪を壁にめり込ませた。

「掘るべしっ！　掘るべしっ！」

シャルは休むことなく高速の連打を繰り出していく。洞窟の壁の穴はどんどん大きくなり、足元には栗よりも大きなイチゴ石が十四個も転がった。

「もういいよ、シャル。これだけ集めればじゅうぶんだ」

「じゅうぶんでありますか？」

シャルはもう少し掘りたそうな顔をしているぞ。ドラゴンというのはたいしたものだ。

「手に怪我をしてない？」

「平気であります！」

僕は水筒を取り出し、シャルの汚れた手を洗ってやった。

「ありがとう、たくさん頑張ってくれて」

「えへへ、父上、水が気持ちいいであります」

洗いながら確かめたけど、出血や痣はどこにもなかった。シャルの肌はぷにぷになのに、見た目では想像もつかないくらい頑丈のようだ。

「はい、きれいになったよ」

「えへへ……ん？」

ニコニコと笑っていたシャルが洞窟の奥を見つめて低い唸り声を上げ始めた。

「クルルル……」

「ケエエエ……」

シャルだけじゃない、ギアンも低い威嚇の声を上げ始めたぞ！

「どうした、シャル？」

「父上、敵であります」

ランタンの光の中に現れたのは巨大なカマドウマ三体だった。

予想よりは少し小さく、せいぜい中型犬くらいの大きさだ。それでも恐ろしい魔物であることには変わりない。

シャルとギアンは同時に足を踏み出した。踏み込みは力強く、二人の体は一飛びで敵に肉薄してしまう。

先頭にいた巨大カマドウマは身構える時間も与えられず、シャルとギアンに吹き飛ばされていた。

「邪魔をするな、鳥ニャンコ！」

「キェエエエッ！」

シャルとギアンは互いに張り合いながら次の敵に攻撃を移した。

シャルの超低空から突き上げるアッパーカットが右のカマドウマを、ギアンの鋭い爪の打ち下ろしが左のカマドウマを粉砕する。そして静寂が訪れた。

「すごいぞ、シャル」

「ギアンもよくやってくれたわ」

褒めるとシャルもギアンも嬉しそうに声を上げた。

お、魔石が落ちているな。魔物を倒すとこのように魔石をゲットできるのだ。

「これはセディーが持っていって」

ユージェニーが気を遣ってくれた。今の僕にとっては非常にありがたい話だ。

「ありがとう。この埋め合わせはいずれね」

「うふふ、私もガンダルシア島が気に入っているの。ここがもっと発展してくれれば嬉しいもの」

「父上、動いたらお腹が空きました！」

成長期のドラゴンはすぐにお腹が減るようだ。ユージェニーは心得たとばかりに手にしていたバスケットを下ろした。

「ちゃんとおやつを持ってきたわよ。みんなで食べましょうね」

バスケットから出てきたのはイチゴとハチミツのサンドイッチだ。採れたてのイチゴをスライスして、トロトロのハチミツがかけてある。

一口頬張ったシャルが驚きで目を見開いた。

「美味しいであります！　こんなに美味しいものは初めてであります！」

「そんなに好きなら僕のも半分あげるよ」

「私のもあげるわ」

うちのドラゴンは甘いものに目がないようだ。

シャルはサンドイッチを平らげ、小さな舌で満足そうにハチミツの付いた唇を舐めていた。

◆

目覚めると外は雨が降っていた。低気圧のせいか頭がぼんやりしているけど、気分はそれほど悪くない。幸福度も93％と、かなりいい数値を示していた。

セディー・ダンテス：レベル2
保有ポイント：11
幸福度：93％
島レベル：2

「父上、起きましたか？」

僕より先に起きていたシャルが居間からロフトを見上げていた。

「おはよう。早いんだね」

「シャルは今日も元気いっぱいです！　お外ではカブが大きくなっているであります！」

そういえば今日は収穫の日だったな。

「よーし、朝食はカブと大アサリのスープにしようか？　きっと美味しいよ」

「のっほぉー！　カブと大アサリのスープを食べるであります！」

朝食前のひと仕事だ。僕とシャルは雨の中へ飛び出して、カブの収穫に励んだ。

カブは大きく育っていて、一つ一つはシャルの顔と同じくらいの大きさがあった。

これ一つでスープだけじゃなくてサラダだって作れそうだ。

「ルールーにもお裾分けしよう。朝食のあとはカブの酢漬けを作って、残りはルボンの街へ売りに行くよ」

「街を探索であります！」

収穫したカブをさっそく料理した。

フライパンにニンニクとオリーブオイルを入れて、香りがついたら大アサリを入れた。ルールーの獲ってくるアサリはとても大ぶりで食いでがある。

「父上、いい匂いがしてきました！」

「よーし、アサリが開いてきたね。ここに玉ネギのみじん切りとカブを入れて」

「はーい」

シャルは台に飛び乗り、カブをフライパンに入れてくれた。

「よしよし。野菜が透き通ってきたら水を入れるよ。カブがやわらかくなるまで煮込んだら完成だ」

パン、カブと大アサリのスープ、カブのサラダ、デザートにオレンジを食べた僕らは幸福だった。

朝食の後片付けをしていると、誰かがコテージのドアをノックした。ユージェニーかルーシーがやってきたのだろうか？

そう思ったのだけど、ドアの外に立っていたのは予想外の人物だった。

「ポール兄さん！」

「よう、どうしているか見に来たんだ……」

ポール兄さんは僕の肩越しにコテージの内部へ目を配った。

「思っていたよりまともな家に住んでいるんだな」

「心配してくれたの？」

「まあ、こんな小さな子どもを放り出したんだ。罪悪感くらいあるさ……。土産だ」

兄さんは小さな包みをくれた。

「肉の匂いがするであります！」

突然現れたシャルにポール兄さんは少し焦っている。

「あ、ああ、ウチの牧場で作ったソーセージだ……」

「父上、この人はいい人です。家に入れてあげましょう！」

シャルの言葉に僕も兄さんも思わず苦笑していた。

居間のテーブルに兄さんを案内して話を続けた。

「――というわけで、シャルロットは僕と住むことになったんだ」

「この子がドラゴンとは、すぐには信じられんな」

大人しくしていれば、どう見たって人間の五歳児にしか見えないもんね。

「兄さんの方は順調？」

「牧場も村の運営も問題はない」

言葉数は少なかったけど兄さんの表情は穏やかだった。堅実な運営をしているのだろう。

「アレクセイ兄さんは？」

「伯爵としてやっているみたいだ。俺もよく知らない。近づかないようにしている」

ポール兄さんの言葉は意外だった。

どうしてポール兄さんはダンテス家に近づかないようにしているのだろう？

「セディー、お前も屋敷には近づかない方がいい……」

「どうして？」

「不要な波風は立てない方が身のためだ」

アレクセイ兄さんにかわいがられた記憶はないけど、そこまで意地悪をされた記憶もない。どうしてそんなに用心しなければいけないのだろう？

「波風って、なんでそこまで？　僕はアレクセイ兄さんに嫌われているの？」

「それは遺言状を……」

言いかけて、ポール兄さんはしまったという顔をした。

「なんでもない。忘れろ……」

ああ、なんとなくわかっちゃった。

きっと父上が僕にくれた遺産は、このガンダルシア島だけじゃなかったのだろう。

真相は不明だけど、他にも遺産があったに違いない。それをアレクセイ兄さんが自分のものにしてしまったのだな。

「セディー、今や兄貴はダンテス家の当主だ。俺たちとはもう身分が違う。あれこれ騒ぎ立ててもどうにもならん。それどころか身を亡ぼすことになりかねんのだ」

「わかっているよ。僕はこの島が気に入っているし、他に何かを欲しいとも思っていないんだ」

「そうか、それならいい」

遺産のことは蒸し返さない、それがきっとお互いのためなのだろう。だったらとやかく言うつもりはない。僕にとっては、今の暮らしを充実させる方が大切だ。

「ところで、兄さんの牧場に鶏やヤギはいる？」

菜園を作ったら、今度はその隣に小さな家畜小屋を作れるようになったのだ。となれば、家畜を飼ってみたいと思うのは自然な流れというものである。

それに、卵やミルクがあれば料理のバリエーションはぐんと広がる。シャルの大好きなお菓子だって作れるようになるだろう。

「もちろんいる」

「だったら売ってくれないかな？　ここで家畜を飼いたいんだ」

「ふむ……。牝鶏は２０００クラウン。雌のヤギは３万クラウンだ」

あれ、思っていたより安いな。

アイランド・ツクールの相場ではもっとしたような気がするけど。ひょっとして、弟だから値引きしてくれているのかな？

「わかった、お金が貯まったら買いに行くよ」

「ああ、他にも困ったことがあったら訪ねてこい」

話が済むとポール兄さんは帰ってしまった。

この世界の鶏は毎日卵を産むような品種ではない。だけど、アイランド・ツクールの中だと鶏は毎日卵を産んでいた。

鶏もここで飼えば毎日卵を産んでくれるかもしれないぞ。シャルと二人暮らしだから、とりあえず四羽ぐらい飼ってみようかな。

牝鶏四羽とヤギ一頭で３万８０００クラウンか。とりあえずサンババーノでイチゴ石を売って様子をみるとしよう。目標が定まると、なんだかやる気が出てくるようだった。

朝方降っていた雨は時間とともに小やみになってきた。空はどんどん明るくなっているから、もう少し経てば完全にあがるのだろう。

小雨はまだパラついていたけど僕とシャルはルボンへ買い物に出かけることにした。

「岩礁の道は沈んでいないな。滑るから気をつけて渡るんだよ」

「はーい！」

おや、岩のつけねがキラキラと光っているぞ。

作製可能なもの：架け橋
説明：島と岸をつなぐ架け橋です。
必要ポイント：5

島レベルが上がったおかげか、橋を架けられるようになったぞ！

これさえあれば潮の干満を気にする必要はなくなる。買い物だって楽になるはずだ。

保有ポイントは11あるからさっそく橋を作製してみよう。

いつもの要領で橋を作った。

「ふおぉお！　父上、スゴイであります！」

架け橋は予想以上に幅があり、馬車一台くらいなら通れそうだった。作りもしっかりしているから、崩れるなんてこともないだろう。

「これで行き来が楽になったね。さあ、渡ってしまおう」

新しくできた橋をシャルとスキップしながら渡った。

ルボンの街へ着くと、僕らは真っ直ぐにサンババーノを目指した。

水はけの悪い路地裏はぬかるんで歩きにくかったけどシャルは嬉しそうに水たまりを踏んでいる。

「着いたよ、ここがサンババーノだ」

「ふぉおお、怪しさ大爆発の店であります！」

シャルはクンクンと鼻を動かして店の様子を探っている。

「父上、毒物がたくさんありますよ。気をつけてください」

魔法薬も扱っているから、そういったアイテムも多いのだろう。

「店の中ではいい子にしていてね」

傾いた扉を開けると、先日と同じようにスモマが陰気な声で迎えてくれた。

「いらっしゃい……」

「ガキがまた来たね。今日は何の用だい？」

ミドマの口調も相変わらず。

「こらこら、坊やが怯えちまうだろう。アンタたちは黙っておいで！　セディーよく来たね。また買い取りかい……」

猫なで声を出していたビグマの視線がシャルの顔に釘付けになった。

「ま、まさか……」

「どうしたっていうんだい、ビグマ姉者。いよいよお迎えが来たのかい？　チビの顔を見て驚くなんて……」

　ビグマに憎まれ口をたたいていたミドマもシャルの顔を見たまま固まっている。

「黄龍様……」

　絞り出すような声でスモマが呻いた。

「さすがは魔女だ。よくシャルがドラゴンだって見破ったね」

　僕が褒めても三魔女は身じろぎ一つしなかった。

　やがて、呼吸を整えたビグマが僕に訊いてきた。

「ぼ、坊や、どうして黄龍様と一緒なんだい？」

　僕が答える前にシャルが元気よく手を上げた。

「シャルは父上とずっと一緒にいると決めたのであります！」

「シャル？　それが黄龍様のお名前ですか？」

「父上がシャルロットという名前をつけてくださったのであります」

　それを聞いて三人の魔女は飛び上がって驚いていた。

「つまり、坊やは黄龍様の名付け親！」

「うん、そういうこと。今は僕と一緒に住んでいるからシャルのこともよろしくね」

「も、も、もちろんだよ。私たちは龍神様を崇める一族の端くれさ。黄龍様に失礼な態度なんて見せるものかい」

　この世界では信仰の対象は多種多様だ。それは神様だったり、邪神だったり、ドラゴンや、水の精霊なんかを崇める人もいるそうだ。

「シャ、シャルロット様、もしよろしければ、シャルロット様の鱗などを売っていただければありがたいのですが……」

ビグマたちは上目遣いでシャルにお伺いを立てているぞ。ドラゴンの鱗といえばかなり貴重な素材である。のどから手が出るくらい欲しいのだろう。

「え～、でも、シャルは脱皮がまだだよ。子どもだもん」

「それは重々承知しております。すぐとは言いません。ときが来たらでかまいませんので、はい……」

ドラゴンの脱皮がいつ起こるのかはわからないが、まだまだ先の話だろう。まずはこちらの用件を済ませたい。

「悪いんだけど、今日はイチゴ石の買い取りをお願いしたいんだ」

「うむうむ、高値で買い取るから、坊やからも黄龍様にとりなしておくれ」

ビグマは比較的僕に親切だから無下に断ることもできないなあ。

「確約はできないけど考えとくよ」

「ありがたい！　さあ、坊やのイチゴ石を見せておくれ。いい値をつけてあげるからね」

イチゴ石は一つ１０００クラウンで引き取ってもらえた。

僕らはウキウキした気分で島への橋を渡った。

「シャルのおかげでいろいろオマケしてもらえたよ。魔力が上がるキャンディーでしょう、それから傷薬も」

「あのおばあちゃんたちは親切でありますか？」

「まあ、今のところはね」

「だったら、シャルもおばあちゃんたちに親切にするであります！」

「シャルはいい子だね」

「えへへ、また父上に褒められたであります」

橋のおかげで、僕らは早く、安全に島へ帰ることができた。


コテージの方へ歩いているとシャルが空中に鼻を向けてクンクンと匂いを嗅ぎだした。

「父上、おならをしましたか？」

「してないよ」

「むむむ……」

シャルはクンクンと匂いを嗅ぎながら三百六十度回転した。

「失礼したであります、発生源は父上ではありませんでした。匂いはあっちからしてきます。なにがあるのでしょう？」

僕には嗅ぎ取れないけど、ドラゴンの鼻が異臭をキャッチしたようだ。

シャルは右側の藪を指さして興奮している。

「あっちにはまだ行ったことがなかったな……」

藪の向こうにも小道はうっすらと続いている。まだ調査していない道だ。

「少し調べてみようか」

「探検でありますね！」

「油断したらダメだよ。魔物や障害物に気をつけて行こう」

「了解であります！」

腰の剣を抜き、背の高い草を払いながら僕らは進んだ。

未整備の道をしばらく進むと少し開けた場所に出た。草もまばらで石ばかりが目立つところだ。よく見ると積み重なった岩の間から、細い煙が空へと立ち上っていた。

「温泉の匂いがする」

「温泉とは何ですか、父上？　美味しいのでしょうか？」

「温泉っていうのは温かい泉のことだよ。どこかに湧いていないかな？　そうしたらお風呂に入ることができるのに」

「水の音ならあっちから聞こえるであります！」

さすがはドラゴン・イヤー。わずかな水の音も聞き洩らさないか。

シャルについていくと黒い岩の間からチョロチョロとお湯が湧きだしていた。だけど、量は少なく、湧いたお湯はそのまま砂に染み込んでいる。

ここで湯浴みというわけにはいかなそうだ。

「お湯はチョビッとです。ここに入るのですか？」

「このままでは無理だね。だけど整備すればすぐに入れるぞ」

僕の目には折り重なる黒い岩がキラキラ光って見えているのだ。

作製可能なもの：露天風呂
説明：源泉かけ流しの温泉。疲労や傷を癒す効果がある。
必要ポイント：5
備考：お風呂セットをプレゼント。

これまでは水浴びで済ませていたけど、ようやく体を清潔にすることができそうだ。

保有ポイントは6残っていたので、すぐに温泉を作製した。


ガンダルシアに小さな温泉が誕生した。大岩で囲まれた湯船は円形で、温かいお湯が満ちている。

お風呂の底には玉砂利がしきつめられているぞ。

東屋のように屋根もついているから、雨の日でも入れるな。葉っぱなどが湯船に落ちてくる心配も少ない。

洗い場には木製の椅子や桶などの小物もそろっていた。

「でも、壁がないんだね……」

「壁がないと問題ですか？」

「周囲から丸見えじゃないか」

もう一段階成長させれば設備も充実して、男湯と女湯にも分けられるみたいだ。だけど今は脱衣所さえないもんなあ。

「丸見えでもシャルは気にしません。早く温泉に入りたいです！」

僕も同じ気持ちだった。どうせここには僕とシャルしかいないのだ。

「それじゃあ、入るとしようか」

桶の中におまけのタオルセットもあったので家に戻る必要はない。僕はその場で服を脱いだ。

「温泉に入るときは服を脱ぐでありますか？」

「そうだよ。びしょびしょになったら困るだろう？」

「わかりました」

シャルがその場でブルブルと体を震わせると、それまで着ていた黄色のワンピースは消えてなくなった。

「え？　シャルの服は？」

「あれは、皮膚を変化させていただけであります！　黄龍はどんな服でも好きに作れるのであります」

「そうだったんだ！」

人化するドラゴンってデフォルトで服を着ているんだなあ。

「それだけではありません。大人になったら帝王の衣という金色の礼服を着ることが許されるのです。シャルも楽しみにしております」

ドラゴンが一人前になるには、およそ百年の年月が必要となるそうだ。シャルのことだから、さぞや美人のドラゴンになるだろう。

裸になったシャルは元気よく手を上げた。

「シャルロット、いきまぁーす！」

温泉に飛び込もうとするシャルを慌てて止めた。

「こらこら、いきなり入っちゃダメだぞ」

「ダメでありますか？」

「まずは掛け湯をして体の汚れを落としてからね」

前世が日本人の僕としては、こういう温泉ルールはきちんと守りたい。

「お湯の温度は……うん、適温のようだ」

桶でお湯を体にかけてやると、シャルはキャッキャとはしゃいでいた。

「パシャパシャパシャパシャ♪　ピッチャピチャ♪」

自作の歌を歌って喜んでいる。

「父上、もういいでありますか？」

「よし、入ろう」

しっとりとしたお湯の感触が全身を包み、体から緊張が抜けていく。

「ち、父上！　温泉とは気持ちのいいものであります！」

「だろう？　シャルも気に入ったみたいだね」

「気に入りました。毎日入りたいです」

「あとで、ルールーにも教えてあげないと」

きっと喜ぶだろう。

「ルールー？」

「僕の友だちさ。海辺で会ったことがあるだろう？　この島で漁師をやっているんだ」

「では、ルールーも一緒に入るのですね？」

「それはできないよ。僕は男の子でルールーは女の子だもん」

そう説明してもシャルはよくわかっていないようだ。

「シャルは女の子ですが、父上と一緒に入っています」

「それは……、いちおう僕はシャルのお父さんみたいなものだろ？　だからシャルが大きくなるまでは一緒でいいんだよ」

シャルは難しい顔で考え込んでいる。

「シャルは大きくなりたくありません。いつまでも父上と一緒がいいです」

そう言って頬をふくらませるシャルはかわいい。十二歳にして父性に目覚めちゃったかかな？

温泉は幸福度に寄与するから、毎日入ることにした。

お風呂から戻るとコテージの前にルールルーが立っていた。

「お出かけだったのですね。あら、その子は？」

ルールルーは僕が小さな女の子を連れているので驚いているようだ。

そういえば、人の姿をしたシャルを見るのは初めてだったよな。

「父上、この人が母上ですか!?」

「はい？　私が母上って。それにセディーの子ども？」

ヤレヤレ、またこのくだりか。これまで繰り返してきた説明をルールルーにもした。

「よろしく、シャルちゃん。お近づきのしるしに魚をわけてあげますねぇ」

ルールルーはバケツごと魚をわけてくれた。

「立派なスズキだね。いいの？」

「うん。本当は最初からセディーにお裾分けするために持ってきたのですぅ」

スズキはムニエルにしてもいいし、スープにしても美味しい。味が濃厚だからソースの出汁としても優秀なのだ。

「今日は大漁だったけど疲れたなぁ。汗をいっぱいかいちゃった」

「そういうときは温泉であります！」

シャルは小さな腕をブンブン振って力説した。

「温泉ってどういうこと？」

「実は、ガンダルシア島に温泉が湧いていたんだ。ここからなら歩いてすぐだから、よかったら案内するよ」

「私が使ってもいいのですかぁ？」

「もちろんさ」

「でも、入る前にちゃんとかけ湯をしなければならないのであります！」

ルールーの準備を整えてからもう一度温泉に戻った。

温泉を見たルールーは目を輝かせていた。

「素潜りは体が冷えるから、温泉はありがたいですねぇ」

「暑い日は汗を流すだけでもスッキリするよ。僕は奥の方を探検してくるからルールーはゆっくり入っていてよ」

「ありがとう。温泉に入るなんて初めて」

「だったらシャルが入り方を教えてあげます」

「シャル、もう一度温泉に入るの？」

「入るであります！　父上も一緒に入るであります」

それはさっき説明しただろうに……。

「言っただろう、男の子と女の子は一緒には入らないんだよ。不審者として、僕が通報されちゃうよ」

「一緒に入ったら不審者ですか？」

そこまでやったら不審者どころか犯罪者のような気がする。

「それじゃあ僕は行ってくるよ」

ルールーたちを温泉に残して、僕は奥の細道へ踏み込んだ。ところが五十歩も行かないうちに聞こえてきたのは、ルールーの悲鳴だった。

「きゃあああああっ！」

反射的に手のひらに魔力を集めた。燃える火球がごうごうと音を立てて具現化する。その状態で温泉まで走り戻った。

「セディー！」

手で体を隠しながらうずくまるルールーを見て思わず視線を逸らした。

「父上、不審者であります！　男のくせにシャルやルールーと風呂に入りにきた輩がいるであります！」

「ち、違う！」

見ると、老齢の男性がお風呂から視線を逸らして、ばつの悪そうな顔をして立っていた。

その人は大きな荷物を背負い、旅姿だった。灰色の髭、小さな丸眼鏡をかけているのでアカデミーの博士みたいに見える。

「えーと……、覗きですか？」

「そうではない！　温泉の匂いがしたのでハロトリカイトがあるかもしれないとやってきたのだ」

男性は大きな身振りで覗き説を否定した。

「ハロトリカイト？」

「湯の花のことだ」

湯の花に金銭的な価値なんてあったかな？　そんなものを欲しがるなんて珍しい人だ。

「ひょっとして、あなたは錬金術師ですか？」

「うむ、ノワルド・ウォーケンと申す」

「僕はセディー・ダンテス。この島の領主です。まあ、住んでいるのは僕とシャルロットとルールーだけですけど」

ノワルドさんと会話をしていたら背後からルールーの困ったような声が聞えてきた。

「とりあえず、向こうに行ってくれませんかぁ？　私はまだ裸ですのでぇ……」

「ご、ごめん！」

「これは失礼した！」

僕とノワルドさんは慌ててコテージの方へ移動した。


温泉から離れて僕らは改めて向かい合った。

「君が領主というのなら改めてお願いしたい。ハロトリカイトを分けてもらえないだろうか？」

「何に使うのですか？　ひょっとして錬金術に？」

「いやいや、完全に私の趣味だよ。鉱物のコレクションをするのが好きなのだ」

ノワルドさんは鞄からいろいろな鉱石を取り出し、説明しながら見せてくれた。

きちんと仕切られた標本箱には色とりどりの結晶が並んでいる。

「うわあ、きれいですね！」

「そうであろう。これを見てごらん」

特別な秘密を打ち明けるようにノワルドさんは小箱を手渡してくれた。

箱には隙間なく綿が敷き詰められていて、その上に無色透明の石が置かれていた。正八面体の結晶で、大きさはクルミくらいだ。

「これは水晶かな？」

「いや、ダイヤモンドだ」

「ええっ!?」

驚きのあまり僕は箱を落としそうになってしまった。そんな貴重な物を簡単に手渡してくれるなんてノワルドさんは無防備すぎるぞ。

研磨前のダイヤモンドだったけど、それは太陽の光に素朴な美しさを溢れさせていた。

「これがダイヤモンド……」

この大きさなら資産価値は計り知れない。

父上の指輪についていたものよりずっと大きいぞ。あの指輪もアレクセイ兄さんのものになったんだろうなあ……。

「美しいだろう？　大地から我々人間への贈り物だよ」

ノワルドさんは重々しくうなずいている。

「大地からの贈り物か。いい言葉ですね」

「う、うむ……」

ノワルドさんは気難しい顔をしていたが、褒められてどことなく嬉しそうでもあった。

「それはそうとハロトリカイトだが、探してもよいだろうか？」

「もちろんかまいませんよ。鉱石が欲しいなら洞窟も調べてみますか？　錬金術の素材だってあるかもしれません」

洞窟で手に入れたイチゴ石を見せてあげるとノワルドさんは手を叩いて喜んでいた。

「これはいい！　この島には特別な力を感じるが、イチゴ石にもそれが表れている」

「普通のイチゴ石とは違うのですか？」

ノワルドさんは渡したイチゴ石に手を当てて目を閉じた。

「うむ、やはり石の波長が強いようだ。これほど良質なイチゴ石はなかなか見つからないのだよ。これを原料にすれば高品質の魔力増幅器が作れるだろう」

「魔力の波長を大きくしてくれる魔道具のことですね。魔法属性の付いたアイテムの力を上げてくれる」

「ほう、よく勉強しているようだな。増幅器は応用範囲が広く、作製方法も多岐にわたる。もし君が錬金術や魔道具の作製を学ぶのなら、決して疎かにできない分野だろう」

イチゴ石はこの島の特産物だ。その使い方を学ぶのはきっと有意義なことに違いない。

「機会を得て、きちんと学んでみたいと思います」

そう言うとノワルドさんは嬉しそうに目を細めた。そして大きなリュックサックの中をかき回して、一冊の古びた本を取り出すと僕に手渡してくれた。

『増幅器の基礎研究』　著　ノワルド・ウォーケン
「この本を君に献呈しよう」

「ありがとうございます。この本はノワルドさんがお書きになったのですね」

「うむ、まだアカデミーにいた頃に……。大昔に書いた一冊だ。価値のあるものではない。遠慮せずに受け取ってくれたまえ」

いただいた本は文庫本くらいの大きさだった。丁寧な説明と詳細な図解が載っているので僕にも理解できそうだ。

「この島は実におもしろそうだ。しばらく滞在してみたいのだが、かまわないだろうか？」

「もちろんです。ただ、ガンダルシア島に宿屋や空き家はありません」

僕の家のリビングを使ってもらうこともできるけど、ベッドがない。

「なーに、私にはテントがあるさ」

ノワルドさんは諸国を渡り歩いて錬金術の素材を探しているそうだ。だから野宿をすることもしょっちゅうで、こんなことは慣れているとの話だった。

知的なのにワイルドな風貌をしているのはそのためなのだろう。

「野宿なんてとんでもない。今夜は僕の家に泊まってください」

1ポイントが残っていたので、それを使ってリビングに大き目のソファーを設置した。

本当はベッドの方がいいのだけど、コテージにはこれ以上ベッドを設置できなかったのだ。それでも硬い大地の上で革のマントにくるまって寝るよりはマシだろう。

その夜はノワルドさんにいろいろな話をしてもらった。

広く世界を歩いてきたノワルドさんの話はとてもおもしろい。錬金術、魔法、地理、歴史、生物、話はあちらこちらに飛び、話題が尽きることはない。

僕はたくさん質問し、ノワルドさんはその一つ一つに丁寧な解説をしてくれた。

ダンテスの屋敷でも何人かの家庭教師を見てきたけど、これほど幅広い知識を身に付け、なおかつ楽しい説明をしてくれる人は初めてだ。

気が付くと僕は彼をノワルド先生と呼んでいた。

——Event 3 紅葉狩り——

ノワルド先生と話していると、ルールーとシャルがお風呂から帰ってきた。二人ともツヤツヤでホカホカの顔をしている。

「父上、ただいま戻りました！」

「いいお湯でしたぁ」

上機嫌な二人にノワルド先生は頭を下げた。

「先ほどは大変失礼をしてしまった。申し訳ない」

ルールーは笑って手を振る。

「いえいえぇ、こちらこそ大袈裟に騒ぎ立ててしまってごめんなさい」

この一件は水に流すことで話が付いた。二人の仲がこじれなくてよかったと安堵していたら、耳元で例のファンファーレが鳴り響いた。彼がやってきたようだ。

「やあ、みんな。妖精のポルックだよ」

「おお、妖精であります！」

「これは珍しい。本物の妖精に会うのは七年ぶりだ。系統的には大地の妖精のようだが……」

シャルもノワルド先生もポルックに釘付けだ。シャルはともかくノワルド先生にもポルックが見えるんだな。

「島にもお客さんが増えたから、今夜もイベントが発生したよ。みんなで楽しんでくれよな！」

クエスト：紅葉狩りのシーズンです。島のどこかに生えているサトウカエデを探してね。
報酬　：メープルシロップ

シャルはまだ字が読めないのでクエスト内容は僕が説明してやった。

「父上、メープルシロップとはなんでしょうか？」

「甘いシロップのことだね。ホットケーキにかけると最高なんだ」

「ホットケーキとはいったい……」

「ホットケーキは、甘くて、ホカホカで、普通のパンより軟らかい食べ物だね」

「のっほーっ！　シャルはやるであります。何としてでもサトウカエデを見つけるであります！」

我が家の黄龍が本気を出した。

「でも、サトウカエデなんてどこにあるんだろう？」

「私も見たことがないですねぇ。どんな木かも知りません」

魚のことならなんでも知っているルールーでも、植物のことはあまり得意ではないようだ。

「ふむ、サトウカエデか……」

お、ノワルド先生は知っているようだ。先生は顎に手を当てて少し考えてから口を開いた。

「サトウカエデはムクロジ科カエデ属の落葉高木であるな。その樹高は三〇メートルにも達し、幹の直径も五〇から一〇〇センチにもなる大きな樹である」

「さすがはノワルド先生、よくご存じですね」

「それほどでもないさ。先ほど言っていたメープルシロップはサトウカエデの樹液を煮詰めて作るのだ」

それを聞いて張り切ったのはシャルだ。

「つまり、サトウカエデは甘い匂いがするのでありますね！」

「い、いや、それはどうだろう……。樹液の九八パーセントは水であるし、幹の中にあれば空中に匂いが発散するということは……」

ノワルド先生は説明を続けていたけど、シャルは聞いていなかった。小さな鼻を空中に向け、くるくる回りながら匂いを嗅いでいる。

「シャルどこへ行くの？」

匂いを嗅ぎながら外へ出て行ったシャルをみんなで追いかけた。

「とらえた！　あちらから微かに甘い匂いがするであります！」

シャルが指をさすのは温泉のある方向だ。

「そんなバカな」

ノワルド先生は驚いていたけど、ドラゴンノーズの性能はとてつもないことを僕は知っている。特にシャルは甘いものへの執着が強いから、その能力は強化されるはずだ。

「先生、シャルは小さな女の子に見えるけど、本当は黄龍なのです」

「なんだって!?」

「最強種であります。そして、サトウカエデはあっちであります！」

駆け出すシャルをまたもやみんなで追いかけた。

シャルは温泉を通り過ぎ、奥の細道をどんどん踏みしめていく。やがて僕たちの目の前に鮮やかに色づいた一本の大木が現れた。

ポルックが指を鳴らすと淡い光が樹のあちらこちらで灯り、黄色から赤のグラデーションになっている葉を鮮やかに浮き上がらせる。

誰もが息を呑んでしゃべれなくなってしまうほど、それは美しかった。

「こんなに早く見つかっちゃうなんて思わなかったよ。シャルの鼻はチートだなあ。でも約束は約束だ。ほら、みんなにプレゼントだ」

サトウカエデの根元に四本の壺が並んで置かれていた。

「父上、メープルシロップをゲットであります！」

イベントの報酬にいちばん喜んでいたのはまちがいなくシャルだった。

「きれいですねぇ、これから毎年この光景が見られるのかしら？」

ルールーはライトアップされた紅葉をうっとりと眺めている。ノワルド先生も柔らかな表情でうなずいた。

「もちろんだとも。サトウカエデは三〇〇年以上生きるといわれておる。これから先も毎年この美しい姿を見せてくれるだろう」

僕らは草や石の上に座り、幻想的な秋の風景を楽しんだ。

Chapter4
錬金術

Tips

ガンダルシア島には
固有の動植物が
たくさんいます。
すみずみまで探検して
見つけてみましょう。

朝になった。

昨夜は紅葉狩りを楽しみながら、ノワルド先生と遅くまで話し込んでしまった。ちょっと寝不足だけど、ステータスはこんな感じになっている。

セディー・ダンテス：レベル2
保有ポイント：10
幸福度：96％
島レベル：2

ついに幸福度が95％を超えたぞ。温泉に入ったり、ノワルド先生と知り合えたりしたからだろう。

おや、新しい施設の条件が解放されたようだぞ。今度は何が作れるようになったのだろう？

僕はステータス画面のアラートボタンを押した。

錬金小屋の作製が可能になりました！
条件：師となる人物に出会うこと。
必要ポイント：5

錬金小屋が建てられるようになったぞ！

ノワルド先生と知り合いになることが条件だったんだな。

新しい施設を作るときはいつだって興奮してしまう。ゲームでもそうだったけど、リアルともなると感動は十倍以上だ。

頭を包んでいた眠気は霧が晴れるようになくなり、僕はベッドから飛び起きた。

「父上、おあようございまふ……」

シャルが寝ぼけまなこをこすっている。

「おはよう、シャル。朝は錬金小屋を作るよ！」

「あい〜、さっそく作りましょう……。シャルはパンと錬金小屋をいただきます。むにゃむにゃ……」

まだ起ききっていないシャルを抱っこして、ロフトの梯子を下りた。


ノワルド先生はもう起きていて、居間で僕らを迎えてくれた。

「おはよう、セディー。何やら景気のいい話が聞こえてきたな。錬金小屋を作るそうじゃないか」

先生は僕が大工仕事をすると思っているらしい。だけど実際はそうじゃない。

「そうなんです、ノワルド先生。僕の特殊能力が発動できそうなので、さっそく試してみるつもりです」

「特殊能力というと、魔法の類かな？」

ノワルド先生は興味を引かれたようで、黄色の瞳で僕の目を覗き込んだ。

「魔力を消費することは間違いないのですが、一般的な魔法の概念には当てはまらない気がします」

「ふむ、実に興味深い」

「言葉で説明するのは難しいです。ご興味があるのならじっさいに見ていただくのがいちばんいいと思います」

「それでは君の特殊能力とやらを拝見しようか」

先生も見たがったので、僕らは連れ立って表に出た。

ステータス画面によると錬金小屋はコテージから少し離れた場所に建築が可能なようだった。正確にはコテージから洞窟へ向かう道を五〇メートルほど行ったところである。

案内通りに現地へ行くと、地面がキラキラと輝いている場所を見つけた。どうやらここに建てるようだ。

「それでは能力を解放します。まぶしいので直視しない方がいいですよ」

断りを入れておいて、僕はポイントを割り振った。

出来上がった錬金小屋はお世辞にも立派な物とは言い難かった。

頑丈そうな石造りの建物だけど、窓や扉などの建具はお粗末で、隙間風が吹き込みそうな具合だった。

だけど、ノワルド先生は大喜びだ。

「このような魔法が存在するとは驚きだ！　まさに特殊能力と言っていいだろう」

「こんな魔法を持つ人は他にいないのでしょうか？」

「私の専門は錬金術であるからして、詳しいことは何とも言えんなあ。だが、このような現象を見るのは初めてのことだよ。文献の中ではいくつか散見するがね」

「そんな記録があるのですか？」

「うむ。ランプに住まう魔神が、一夜にして城を築いた、などというとんでもない記録が残されておる」

それ、アラビアンナイト的なやつ！

それにしても、一晩で城かあ……。

比べてしまえば僕の錬金小屋なんてたいしたことないかもしれない。

ポイントをたくさん貯めて、島と自分のレベルを上げれば、僕もいつかは小さなコテージをお城に作り替えることができるのかな？

アイランド・ツクールでそれができたかは思い出せないけど、夢を持つのは悪くない。いつかは島の中央にそびえたつ大きな城を建ててみたいものだ。

「それでは中に入ってみましょう」

僕はワクワクしながら扉を開けた。

部屋の床も石張りだった。きっと、薬品をこぼしたときや、小さな爆発などにも耐えられるようになっているのだろう。

「ほほう、基本的な実験器具はすべてそろっているようだな」

ノワルド先生はビーカーやフラスコの並ぶ作業台を点検している。壁の棚には試薬の入った色とりどりの瓶もあった。

「父上、大きなお鍋があります！　ここではお料理をするのですか？」

「違うよ、シャル。ここは錬金術を行う場所なんだ」

「錬金術？」

「魔法や化学の実験をする場所さ」

「ほほぅ、魔法ですか」

「そういえば、シャルは魔法を使える？」

ドラゴンって属性魔法を使えたはずだけど、黄龍はどうなのだろう？

「う～ん、シャルが使えるのは、強いキック、強いパンチ、強いしっぽの三種類です！」

それは魔法じゃないけど、威力は災害級の攻撃だね。魔法並みと言えなくもないか……。

「そっか、シャルは強い子なんだね」

「はい、そうであります！　父上はシャルが守るのであります」

ひょっとするとシャルだって魔法を使えるのかもしれないけど、それはまだ先の話なのだろう。

小屋の奥には仮眠室もあったのでノワルド先生にはそこを使ってもらうことにした。

この小屋も、錬金小屋　↓　錬金工房　↓　錬金研究所　といった具合にグレードアップが可能だ。

いつかポイントが貯まったら成長させていきたい。

「先生、朝食を食べたら洞窟にご案内します」

「おお、昨日話してくれた場所だね。イチゴ石を採取したという」

「そうです。今日もイチゴ石を採って売りに行かないとなりませんし」

目下のところ、僕の目標は家畜だ。豊かな食生活を送るために、ポール兄さんから鶏とヤギを買わなければならない。

牝鶏は2000クラウン、雌のヤギは3万クラウンかかる。手持ちの現金は1万クラウンなのでまだまだ稼がなくてはならないのだ。

朝食を食べて畑仕事をしたら、さっそく洞窟を調査するとしよう。今日も充実した一日を送れそうな気がした。

◆

ノワルド先生に錬金術を教えてもらったり、一緒に洞窟探検に行ったりする日々が続いていた。

畑も順調で、トマト、ニンジン、ジャガイモが収穫間近だ。

ルールーは毎日のように魚を届けてくれる。これでポール兄さんから家畜を買えば、食生活はさらに安定するだろう。

収穫物や洞窟探検で得た素材を売って、貯金も3万4000クラウンになった。目標まではもう少しだ。

僕のステータスはこんな感じになっている。

セディー・ダンテス：レベル2
保有ポイント：32
幸福度：89％
島レベル：2

増えたのは保有ポイントだけで、島レベルも僕のレベルも変わっていない。ここのところ忙しくて、特に作製をしていなかったからかな？

幸福度にいたっては下がってしまっている。特に不幸なことがあったわけじゃないけど、今の生活に慣れてしまったためなのだろう。

衣食住が安定しても、人間はすぐにその状態に慣れてしまい、ありがたみを感じなくなってしまう。

毎日三食食べられていても、もっと美味しいご飯が食べたくなるし、ベッドだってもう少し広くてしっかりしたマットが欲しくなってしまうのだ。

今の暮らしに感謝しなければならないと理屈ではわかっていても、感情は自分の思うようにはいかないようだ。

　家庭菜園で雑草を抜いていると頭上で翼のはためく音がした。

「父上、鳥ニャンコが来ました！」

　見ると、ユージェニーを乗せたギアンがゆっくりと下降してくるところだった。

「こんにちはセディー、ご機嫌はいかが？」

「悪くないよ。畑仕事もちょうど終わったところさ」

「空から見たけど、新しい建物が増えているわね」

「うん、錬金小屋も建てたし温泉もできたんだ。島に滞在する人も増えたよ」

　幼馴染にこうした報告ができることは誇らしい。

　なにせ、つい最近までは何もない無人島だったからね。

「順調そうで何よりだわ」

「どうぞ、部屋に入って。紅茶を淹れるよ」

　僕はユージェニーを誘ってコテージに入った。


　ユージェニーはテーブルの上に置いてあった『増幅器の基礎研究』を見つけた。

「ずいぶんと難しい本を読んでいるのね」

「とても分かりやすく書かれた本だよ。島に滞在しているノワルド先生が書いた本なんだ。僕は今、ノワルド先生にいろいろなことを教えてもらっているんだ」

「よかった」

ユージェニーが僕を見てほほ笑んだ。

「何がよかったの？」

「うん……、ほら、セディーはいきなりお屋敷を追い出されてしまったでしょう。だから心配していたの。お父様も怒っていたわ。せめてどこかの寄宿学校にでも行かせるのが筋というものだって」

「シンプソン伯爵がそんなことを……」

「でもよかったわ。セディーはこうして立派に生活して、勉強もしているのだから」

詳しく訊くと、貴族たちの間でもアレクセイ兄さんのやりかたに眉をひそめる人は多かったそうだ。まあ、表立って非難する人はいないみたいだけどね。

「今日はケーキを持ってきたのよ。一息入れない？」

ユージェニーがカゴから包みを取り出すと、シャルが真っ先に反応した。

「父上、いい匂いがします！　イチゴとハチミツのサンドイッチのときと同じです。ユージェニーが来るといつも甘くていい匂いがします！」

「とっても美味しいフルーツケーキよ。さあ、手を洗ってきましょうね」

「はい！　手を洗うであります！」

甘いものが好きなシャルはすっかり餌付けされているなあ。

僕もスイーツくらい作ってみようか？　そのためにはキッチンにオーブンなどが必要だけど……。

ユージェニーはテーブルの上にフルーツケーキを並べた。

「ケーキなんて久しぶりだなあ」

考えてみれば、島に来てからは質素な生活が続いている。

せっかくのケーキと紅茶だから居間を作って贅沢な時間を楽しみたい気分になった。幸い、保有ポイントは32もある。

作製可能なもの：応接セット
説明：二人掛けソファー、一人掛けソファー、ローテーブル、の三点セット。
必要ポイント：3
備考：今なら観葉植物をプレゼント。

「ケーキを食べるのはちょっと待って。先に居間を整えたいんだ」

「ち、父上はシャルロットに死ねとおっしゃるのですか！」

「シャルは大げさすぎ。ポイントもあるし、ちょっと応接セットを揃えるだけだよ。時間はかからないって」

頬をふくらませるシャルを待たせて応接セットを設置した。

木のひじ掛けが付いたシンプルなソファーである。北欧風って感じかな。

クッションの色はネイビー。おまけでついていた背の高い観葉植物が部屋に潤いを与えてくれていた。

「あら、かわいいソファーじゃない。この家にもよく似合っているわ」

ユージェニーは褒めてくれたけど、シャルはそれどころじゃなかった。

「父上、もうよろしいですか？　シャルはフルーツケーキを、フルーツケーキを……うぅ……」

涙ぐまなくてもいいだろうに。

「じゃあ、いただくとしようか」

紅茶のできあがりも待ちきれず、シャルはケーキを頬張った。

一口食べたシャルの目が大きく見開かれる。

「大変です、父上！　世の中にイチゴとハチミツのサンドイッチより美味しい食べ物がありました！　これは世紀の大発見であります！」

瞬く間にケーキを平らげるシャルをユージェニーは目を細めて見守っていたけど、ちょっとだけ心配そうな顔になった。

「ねえセディー。シャルちゃんにきちんとご飯を食べさせているの？」

「失礼な。シャルは甘いものが好きなだけだよ。僕が作る料理だって美味しいんだぞ」

「父上の料理も美味しいです！」

シャルは二個目のケーキに手を伸ばしながら元気に答えた。

そうだろう？　毎日自炊をしているから、料理の腕だって少しずつ上がっているのだ。それに、僕には前世の知識だってある。

だけど、ユージェニーは少し疑っているようだ。三男とはいえ、伯爵家の子弟の僕が料理をするのが信じられないのだろう。

「本当に？」

「嘘だと思うなら、僕の手作り料理を食べさせてあげるよ。きっとびっくりするから」

「じゃあ、三日後のランチをご馳走になってもいい？」

ユージェニーは挑戦的な瞳で僕を見つめた。やっぱり僕の料理の腕を舐めているようだ。

「かまわないよ」

「楽しみにしているわ。もし、セディーのお料理が美味しかったらご褒美をあげるわ。そのかわり、美味しくなかったら私のお願いをかなえてもらうからね」

「いいけど、美味しい、不味いは個人的な判断になっちゃうよ。他の人も招待していいかな？」

せっかくだからルールーやノワルド先生も招待しよう。みんなの意見を聞いて総合的に評価してもらうのだ。

「いい考えね。それじゃあ三日後のランチを楽しみにしているわ」

約束を交わすと、ユージェニーはギアンに乗って帰っていった。

ユージェニーを見送って、僕はしばらく考え込んだ。

どうせ作るのなら、みんながあっと驚き、喜んでもらえるものにしたい！

「父上、なにかお悩みでしょうか？」

「うん、どうやったら美味しいものを作れるか考えているんだ」

「素晴らしいです。どうぞ、頭から湯気が出るまで考えてください！」

美味しい料理が食べられそうだと、シャルは無邪気に喜んでいる。

「頭から湯気が出るまでか……。茹でダコというのもいいけど、それじゃあ芸がないよな」

タコとセロリのマリネなんか美味しそうだけど、この海でタコなんて獲れたかな？

ルールーが持ってきてくれたことはない。

「困ったときは先生に相談すればいいであります！」

素直さは時に最良の解決策となる。なるほど、ノワルド先生ならいい知恵を授けてくれるかもしれない。


僕はさっそく先生を訪ねた。


錬金小屋に行くとノワルド先生は書き物の最中だった。

「ガンダルシア島の植生をメモしておるのだよ」

「それはちょうどよかった、なにか珍しくて食べられそうなものはありませんか？」

「可食の動植物を探しているのかね？」

「はい、それも美味しいものを、です」

僕は先生に事情を説明した。

「ふむふむ、食材探しか。なかなかおもしろそうな話だな」

「どうせなら、みんなが食べたことのないものがいいのですが」

ノワルド先生は腕を組んで考え込んでいたけど、突然ポンと手を打った。

「ウニだ！」

「ウニというと、あのトゲトゲの？」

「うむ、本来ウニというのは棘皮動物《きょくひ》の総称だが、昨日浜辺で食用になる紫ウニの仲間を見つけたのだよ。おそらくあれはこの島の固有種だな。ガンダルシアウニと言っても差し支えはないだろう」

ここではウニも獲れたのか！　ウニと言えば美味しい食材なのだがこの地域で食卓に上がることはない。形がトゲ岩という魔物に似ているからだろう。

トゲ岩はダンジョンなどに潜み、爆発してトゲを飛ばす恐ろしい魔物だ。だからルールーもウニを獲らない。きっと食べられることさえ知らないと思う。

だけど僕は知っている。ウニは非常に美味しいのだ。

「ウニはいいですね。みんなも気に入ると思います」

「その口ぶりからすると、セディーは食べたことがあるのだね？」

「まあ……」

食べたことはあるけど、それは前世の記憶だ。旅行で積丹《しゃこたん》に行ったときに……。積丹？　それはどこだっただろうか？

だめだ、鮮明には思い出せない。まいいや、今は、記憶のことは置いておこう。

ウニをそのまま出したらユージェニーやルールーに嫌がられてしまうかな？

だったら、アワビとウニのパスタなんてどうだろう？　アワビもガンダルシアの名産だ。先日食べたアワビは味が濃厚で非常に美味しかった。

「先生、ありがとうございました。おかげでいい料理を作れそうです。三日後のランチには先生もご招待しますので、ぜひいらしてください」

「ありがとう、楽しみにしているよ。ああ、セディー、ウニを食べるときは断然雄のほうが美味いからな」

「そうなのですか!?」

「ウニの可食部分は雄ならオレンジ色の精巣、雌なら黄色の卵巣である。苦みが少なく、まろやかなのはオレンジ色の雄の方だ」

「先生はそんなことまで知っているのですね」

「諸国を放浪していれば金が尽きるときもある。そういうときはその場にあるもので済ませたものだ」

海岸でウニを拾って食べたんだろうなあ……。住民は食べないから、いっぱい落ちていたのだろう。

錬金小屋を後にして、今度は漁師小屋を訪ねた。

ルールーは漁から帰って休んでいたようだ。漁師の朝は早いので、この時間はお昼寝をしていることが多い。

ルールーはくしゃくしゃの頭を掻きながら起きてきた。

「ごめん、寝ていたんだね」

「いいのですよぉ、そろそろ起きようと思っていましたからぁ。ふぁあ……夕方の漁の準備にかからないといけませんので」

日没にはまだ間があったけど、午後もだいぶ過ぎている。ボートの点検をしたり、破れた網を繕ったりと、漁師のやることは多い。

「私になんのご用ですかぁ？」

「ルールーはウニって知っている？」

「ああ、磯なんかにいる、あのトゲトゲですねぇ。気をつけないと踏んでしまうから危ないんですよぉ。まあ、トゲ岩のように攻撃してくるわけではありませんけど」

「ガンダルシアにもウニはいるんだね？」

「深いところだと大きいのがうようよいますぅ」

これは期待できそうだ。今回の料理だけじゃなく、いつかはお米を手に入れて、大盛りウニ丼を心ゆくまで味わう、なんて野望が頭をよぎる。

「ウニなんてどうするんですかぁ？　ひょっとして錬金術の素材？」

食材になるとは想像もつかないようだ。

「違う、違う、食べるんだよ」

「あんなものを食べる!?」

「うん、美味しいんだよ」

「だって、トゲトゲですよぉ」

食用となる部分は生殖腺だというノワルド先生の言葉がよみがえった。

精巣と卵巣を食べるんだよ、なんて言ったらルールーはびっくりしちゃうかな？

とりあえずは黙っておこう。

「トゲトゲの中身を食べるんだよ」

「ふーん……、セディーは食べたことがあるのですかぁ？」

「もちろんさ。僕の大好物なんだ」

前世のことだけどね。

「そっかあ、貴族のお屋敷ではウニを食べるんですねぇ。私、あれが食べられるなんてちっとも知りませんでしたぁ」

「三日後のランチでウニを使った料理を作りたいんだ。悪いんだけど、ウニ集めを手伝ってくれるかな。それとアワビも」

「わかりましたぁ。お世話になっているセディーのためだもの。必ず捕まえてあげますよぉ。それで、食材はいつ届ければいいですかぁ？　三日後？　それとも今日にも欲しいのかしら？」

みんなにご馳走する前に練習しておきたい。動画で見たレシピはうろ覚えなのだ。

「できれば、今から獲りに行きたいけど、かまわないかな？」

「いいですよぉ。それじゃあ今から潜りに行きましょう」

これにはシャルが大興奮だった。

「海に潜るでありますか!?」

「そうだよ。シャルもやるつもり？」

「やりたいであります！」

見た目は五歳児だけど、中身は黄龍だから心配はいらないか。

それに、シャルなら何かやってくれそうな期待感もある。

「じゃあ、シャルにもお願いするよ」

「お任せください、父上！」

シャルはブルッと体を震わせると、フリルの付いた黄色い水着に着替えた。

準備をすませた僕らは海岸までやってきた。

「それじゃあ、素潜りのやり方を教えますねぇ」

今日はルールーが僕らの先生だ。おっとりしているルールーだけど、そこは現役の漁師さん。泳ぎは達人級に上手い。

僕は水泳ができるように厚手のハーフパンツに着替えている。

「まずこれに履き替えてください」

ルールーが差し出してきたのは足袋のような履物だった。これなら履いたままでも泳げそうだ。

「どうしてこんなものを？」

「岩場で怪我をしないためですよ。はい、シャルちゃんも」

「シャルはいらないであります！」

シャルはどこへ行くにも裸足だ。ドラゴンの皮膚なら岩場でも平気だろう。だけど、ルールーはシャルのパワーをまだよく知らないので、心配そうに僕を見た。

「本当にシャルなら平気なんだ。いつだって裸足で走り回っているから」

「でもぉ……」

「洞窟だって裸足であります！　貴重な鉱物の結晶を踏みつぶして、ノワルド先生に叱られたであります」

そんなこともあったな。綺麗な結晶だったけど、シャルがバラバラにしてしまったのだ。先生は残念そうにしていたっけ……。


まずは練習ということで、比較的浅いところへボートでやってきた。海底までは三メートルくらいありそうだけど、波は穏やかだったので怖くはなかった。

「じゃあ素潜りに挑戦していきますよぉ。セディーは泳げるのですね？」

僕は胸を張ってうなずいた。ダンテス領は海沿いなので、小さな頃から海には慣れ親しんでいる。泳ぎだって得意な方だ。ボートから降りてそっと海に入った。

「シャルちゃんは泳げるかな？　って、ええ!?」

シャルはいきなり海へ飛び込んだ。そして高速移動を開始する。

「あはははははっ！」

水しぶきを上げながらすごい勢いで泳いでいるけど、そのスピードは尋常じゃない。オリンピック選手だってあんなに速くは泳げないんじゃないか？

「生まれて初めてですが、泳ぐのは楽しいであります！」

やっぱりドラゴンは規格外だ。

「生まれて初めてであれ？　ていうか、どうやって泳いでいるのぉ？」

言われて僕も気が付いた。シャルはほとんど手足を動かしていないのだ。

「シャル、こっちに来てごらん」

「なんでしょう、父上？」

シャルは僕の方まで泳いできて、首筋に抱き着いた。

「シャルは一体どうやって……、え、しっぽ？」

シャルのお尻の上から長いドラゴンのしっぽが生えていた。僕が気付くとシャルは嬉しそうに笑った。長いしっぽがビタンビタンと海面を叩いている。

「しっぽを使うと速く泳げるであります。気持ちがいいであります！」

なるほど、そういう理屈だったのか。

「シャルちゃんって、本当にドラゴンだったのね……」

「黄龍です。最強種であります！」

「シャルは大丈夫そうだから、僕に素潜りを教えてよ」

「そ、そうですね。それじゃあ始めましょう。まずは体の力を抜いて、大きく息を吸ってください。

新鮮な空気をたくさん体に取り込むのですぅ」

「うん、やってみる」

僕は深呼吸を繰り返す。

「そしたら、水面にうつぶせになって顔をつける。そのとき、視線はおへその下あたり、海の底を見つめるんですよぉ」

これも言われた通りにやった。太陽の光を受けて、海の中が輝いている。色とりどりの海藻や、元気に泳ぐ小魚が見えた。

耳元でルールーの声が聞こえた。

「視線の位置を変えずに頭を真下に潜り込ませてみて。腰を曲げて、体を箱の角みたいに曲げることを意識してください」

腰を直角に曲げればいいわけか。

「頭が入ったら、足を真上に持ってきて、体を一本の棒みたいするのですぅ。そうしたら手で水をかく。さあ、やってみてください」

言われた通りにしてみた。浮力に逆らって潜るのは苦しかったけど、海の中はそれを忘れるくらいきれいだった。

「どうでしたぁ？」

水面から顔を上げるとルールーが僕の体を支えてくれた。

「あんまり深くは潜れなかったよ。息が続かなくて」

ルールーは五メートル以上潜れるのに、僕はせいぜい二メートルがいいところだ。

「最初はそんなものですよぉ。だんだん慣れていけばいいのですぅ。私も深いところに潜るときは重りを使ったりしますからぁ」

「へえ、重りを使えば僕も深くまで潜れるかな？」

「はい。でもセディーはまだダメですよぉ。それはずっと慣れてからですぅ。ところで、これを見つけましたぁ」

ルールーはウニが入ったアミ袋を持ち上げて見せてくれた。ガンダルシアのウニはかなり大きい。

「おお、立派なウニだ。これなら食べ応えがありそうだね」

「本当に食べる気ですかぁ？」

食習慣ってなかなか変えられないものなのだろう。とりあえず調理して食べてもらうことからだな。僕は生で食べるけどね！

「父上、ハサミを持つ魔物を捕獲したであります！」

自由気ままに海へ潜っていたシャルが、突如海面に姿を現した。両手に一匹ずつ大きな生物を握っている。

「あら、ロブスターじゃない」

「おお！　それも美味しいんだよね」

「なんと、こいつは美味しいでありますか？　もっと獲ってくるであります！」

シャルは船上のバケツにロブスターを放り込むと再び海に潜っていった。

今日は大漁だった。ロブスターは十八匹も捕まえたし、アワビも四個集めることができた。ウニだって二十個も見つけた。

僕も素潜りで四個獲ったよ。次はもっと深くまで潜れるようになりたいな。スキンダイビングみたいにフィン《足ヒレ》があると便利かもしれない。

アイランド・ツクールのゲーム内だと、そういう装備があった気もする。だけど、どうやったら手に入るかまでは覚えていない。今後に期待してみよう。今は自分で努力して素潜りのスキルを上げていくのだ。

「父上、アワビをむしり取ってきたであります！」

アワビを獲るときはナイフを使うのだけど、シャルは素手でやってのける。うん、二の腕から下がドラゴンになっているね。シャルの手には鋭い龍の爪が生えていた。

「それじゃあさ、浜でロブスターを焼いて食べようよ」

「賛成であります！」

言うが早いか、シャルはもう岸に向かって泳ぎだしていた。

砂浜で火をたいた。流木がいくらでも転がっているので燃料に困ることはない。

積み上げた流木にファイヤーボールで着火した。

「セディーは攻撃魔法が使えるのですね、すごいですぅ！」

ルールーが感心して褒めてくれた。よほどの天才でない限り、魔法を使うには特別な修練が必要なのだ。

僕は小さいころから家庭教師について魔法の訓練をしていたので、小さな火球くらいなら自在に操れるようになっている。

素潜りではルーリーやシャルに及ばなかったので、なんとか面目躍如といった具合だった。

海で冷えた体が温まると僕はさっそく料理を開始した。まずは長いナイフでウニの殻を割っていく。


「とげが刺さらないように慎重に……」

「それならシャルにお任せください！」

シャルは龍の爪を使って、次々にウニの殻を割っていく。トゲなどまったく気にならない様子だ。

「ありがとう、シャル。助かったよ」

「えへへ、また父上に褒められてしまいました」

「次はこのオレンジ色の部分を取り出して、水でよく洗っていくよ」

海水を使ってよく洗いながら可食部分を取り出す。今日はソースにするから、それほど慎重にならなくてもいいだろう。どうせ鍋の中で崩してしまうのだ。

「どれ、味見を……、うん、美味しい！」

「シャルも食べたいであります！」

「わかった、わかった。はい、あーん」

「あーん」

ウニをのせたスプーンを近づけるとシャルはひな鳥のように大きく口を開けた。

「う～ん……、美味しいでありますっ！」

「だろう？」

「濃厚で、クリーミーで、トロトロで、シャルはウニが気に入りました！」

この感動を分かち合うことができて僕も嬉しいよ。本音を言えば、炊き立てご飯とお醤油も欲しいところだけどね。

……待てよ。ご飯はともかく、アイランド・ツクールの中では醤油を手に入れる方法があったはずだ。

いや、正確に言えばそれは本物の醤油ではない。いわゆる代替品で、調味料の実と呼ばれるものだ。調味料の実には、醤油の実、カレーの実、ソースの実、などの種類があったはずだ。醤油の実を乾燥させ、粉状にすりつぶし、水を加えれば醤油に近いものになった気がする。もっとも、ゲームの中での記憶なので、味についてはよくわからない。だけど、やってみる価値はあると思う。

星形の窪みを掘れば、調味料の実も見つけられるはずだ。スコップも買ったことだし、今後はもっと精力的に窪みを掘り返してみるとしよう。

「父上、もっとウニを食べたいです」

「え～、今日はこれをソースにするから、あと一口だけね」

ルールーは僕らがウニを食べるのを見て、顔をしかめていた。やっぱり生で食べるのは嫌みたいだ。でも、ルールーにも美味しいって言ってもらいたい。火を入れれば食べてもらえるかな？

　今から作るのはロブスターのウニソースだ。

　前世で観た動画の中に、イセエビのウニソースというのがあったのだけど、今日はそれを真似てみようと思う。

　指くらい簡単に切り落としてしまうくらいロブスターのはさみは強力だ。挟まれないように気をつけながら煮え立つ鍋にロブスターを放り込んだ。

「シャルもお手伝いします！」

「気をつけて。挟まれると大変だよ！」

「ん？」

　砕けたのはロブスターのはさみの方だった……。

　ロブスターを十五分くらい茹でて、鍋から取り出した。黒っぽかった殻は真っ赤になっている。レストランで見るあの色だ。

「レ～ッド・ロブスタ～♪」

　突如よみがえる前世の記憶。ＣＭソングを口ずさみながら、火の通ったロブスターの身を取り出していく。

　プリプリにしまった身は、この時点でもう美味しそうだった。

「父上、一口だけでも……」

「まだ駄目。ちゃんと料理が出来上がってからね」

熾火《おきび》にフライパンを載せ、たっぷりのバターとニンニクを入れた。すぐにバターは溶け出し、ジュウジュウと音を立て始める。

「ここにロブスターの身を取り出すときに取り分けておいたミソを入れるよ」

甲殻類のミソはたいてい美味いと相場は決まっている。きっとロブスターのミソだって美味しいだろう。

バター、ニンニク、ロブスターのミソ、これだけでも極上の味だと思うけど、僕はさらにウニを投入した。

海岸に特製ソースの豊潤な香りが漂い始めた。

「はわわっ！」

居ても立ってもいられない、といった様子でシャルが小さな手足をばたつかせている。ウニを食べるのを嫌がっていたルールルーも、待ち遠しそうにフライパンの中を見ているぞ。

木べらでかき混ぜてソースを仕上げていく。ブランデーがあったら入れたいけど、今日はこれで我慢だ。

「シャルはもうたまりません。ち、父上……」

シャルだけじゃない。ルールルーまでもがソースの香りにごくりと唾を飲み込んだ。

「最後にバターソテーしたロブスターの切り身と合わせて完成だ」

彩りに島に生えていたパセリを添えて料理は完成した。

「いかがかな？」

「ウニなんて食べられるとは思えなかったけど、これはすごく美味しそうですぅ。だって、こんなにいい香りなんですものぉ」

ルールーの家から持ってきた木匙で、僕らはソースがたっぷり絡んだロブスターを口に入れた。

とたんに広がるウニのうま味をロブスターの弾力が追いかけてくる。濃厚な味わいは圧倒的だった。

「美味しいです、父上！　これまで父上が作ってくれたものの中でいちばん美味しいです」

「初めて食べたけど、こんなに美味しいものだったんですねぇ。知らずに生きてきたことが損に思えてきますぅ」

みんなが僕の料理を美味しいって言ってくれるのは嬉しかった。これなら三日後の料理だってうまくいくと思う。

「そんなに気に入ってもらえたのなら、これも食事会のメニューに加えようかな？」

「それがいいですぅ」

「シャルもまた食べたいであります！」

ロブスターは十八匹も獲れたので、後でノワルド先生にもおすそ分けしよう。

残りとアワビ一つは、明日になったら街の食料品店に売ることに決め、それまでは網に入れて海に沈めておくことにした。

「はさみで網を切られたりしない？」

「は、早く、父上！」

「こうしておけば大丈夫」

ルールーは金属製の枷をロブスターのはさみにつけていた。

これを売れば、また貯金が増えるかな？　鶏とヤギが買えるまでもう少しだ。

でも、パスタや生クリームも買わなければならない。三歩進んで二歩下がる、といった感じだけど僕の心は充実していた。

──Event 4　魚釣り大会──

浜辺でウニとロブスターを食べてすっかり満腹になった。僕とシャルとルールーの三人は砂浜に座り、海風に吹かれながらのんびりと景色を眺めている。

海は不思議だ。常に変化していて、ずっと見ていても飽きるということがない。

「父上、ノワルド先生であります。おーい！」

海岸線を歩いてくるノワルド先生に向けてシャルが小さな手を振っている。先生もこちらに気づいたようで、ゆっくりと近づいてきた。

「こんにちは、先生。教わったガンダルシアウニが獲れましたよ」

「おお、こんなに大きいのが獲れたのかね」

「ルールーに素潜りを教わって、深いところで見つけました」

先生は目を細めてウニを観察している。そんな先生を見ながらシャルは自慢した。

「ウニはとっても美味しいであります。先ほど、父上が料理してくださいました。先生は遅いであります。もっと早く来ればよかったのです」

「そうか、そうか、それは残念なことをしたな」

「本番は三日後です。その時は先生にも食べていただきますよ」

「これだけ大ぶりなウニなら、さぞ美味しかろう。今から楽しみだよ」

僕と先生がウニの生息場所について話していると、耳元でファンファーレが鳴った。またお祭り好きの妖精がやってきたようだ。

「やあ、みんな。妖精のポルックだよ」

「今日はどうしたの？」

「島民が海岸に揃ったんだ。せっかくだから釣り大会をしようよ。ほら、お客さんもやってきたようだ」

ポルックが指さす方を見ると、ギアンに乗ったユージェニーが下りてくるところだった。

「ユージェニー、こんにちは」

「また、遊びに来ちゃった。みなさんお揃いだけど、お邪魔だったかしら？」

「そんなことないよ、今から釣り大会をしようと思っていたんだ」

僕はみんなにユージェニーを紹介した。

「ユージェニー・シンプソンと申します。どうぞよしなに」

優雅に挨拶をしたユージェニーだったけど、視線がポルックに移ると、表情が笑顔から驚きに変化した。

「よ、妖精！　は、初めて見たわ」

ポルックはにやりと笑って、恭しくポーズをとって頭を下げる。

「ガンダルシアの守り神こと、妖精のポルックです。どうぞよしなに……なーんてね！」

「ねえ、ポルックの姿は島の住民にしか見えないんだよね。なんでユージェニーに君の姿が見えるの？」

「さあ、セディーの親友だからじゃない？」

その辺は適当なんだ……。

「そんなことより釣り大会だ。さあ、今日のクエストはこんな感じだぞ」

ポルックが指を鳴らすと、イベントの概要が空中に現れた。

クエスト：島の生活に釣りは欠かせません。やり方をよく覚えて、釣りを楽しみましょう！
報酬　：魚の重さで順位を決めます。
一位：黄金のトロフィー、二位：リール付きの釣り竿、三位：ツナ缶

「私はプロの漁師さんなので今回は審判になりますねぇ。わからないことがあったら何でも聞いてください」

ルールーの申し出をみんなはありがたく受けた。

「釣りなんて初めて！　楽しみだわ。大きなマグロとかが釣れるのかしら？」

ユージェニーはとても嬉しそうだ。でも、岸辺からマグロを釣るのは難しいんじゃないかな？

「シャルはクラーケンを釣り上げてみせます！」

夢を持つのはいいことだよね。シャルだけに、可能性がゼロじゃないところが怖いけど……。

「道具はオイラが用意したよ。夕暮れまでにいちばん重い魚を釣った人が優勝だ！」

僕たちは竿を手に、思い思いの場所に陣取った。

最初に魚を釣り上げたのはノワルド先生だった。

「むむっ、いい引きであるな」

先生は桟橋の下にある岩の間に釣り糸を落としていたけど、そこを住処にしている魚がかかったようだ。

「うむ、カサゴだな。これはスズキ目フサカサゴ科の魚である」

二〇センチくらいはありそうな大きなカサゴだ。カサゴはフライにしてもスープに入れても美味しいんだよね。もちろんお刺身でもいける。

醤油があればなあ……。近いうちに星形の窪みを集中して捜索してみるとしよう。

カサゴというのは岩の間にいるようだ。同じ魚を狙ってもつまらないので、僕はもう少し離れた砂のところに餌を落としてみるか。

そうやって待っていると僕の竿にも反応があった。これは大きいぞ。

ゆっくりとリールを巻いて、波が寄せるのに合わせて魚を浜へ引き上げた。これはヒラメだ。ヒラメも非常に美味しい魚として知られている。

「見てよ、シャル。今晩はヒラメのムニエルにしようね」

って、シャルがいない!?

ルールーが苦笑しながら教えてくれる。

「シャルちゃんなら、釣れないからって海に潜ってしまいましたよぉ」

なんとまあ……。それを聞いてポルックもあきれ顔だ。

「残念だけど失格だね」

かわいそうだけど仕方がないか。ただ、本当にクラーケンを捕まえてこないか心配だ。どうかガンダルシア近海にクラーケンがいませんように……。

「きゃっ、なにこれ!? セディー、私の竿がブルブル震えているわ！」

桟橋の上で釣っていたユージェニーが大きな声を出した。

「魚がかかったんだよ。ユージェニー、引き上げて！」

「う、うん！　くっ、重い……」

悪戦苦闘しながらもユージェニーは一生懸命リールを巻いている。

「しっかり！　私が体を支えますぅ。セディーはタモの用意を！」

竿は大きくしなっている。今日いちばんの大物がかかったかもしれないな。糸が切れないようにタモですくうのがいいだろう。

「ま、まだなの？　腕が痺れてきたわ」

「もう少しだ。頑張れ、ユージェニー。ほら、銀色の体が見えてきたぞ」

「よーし……」

「ユージェニー、竿を立ててこっちに寄せるんだ。よし、今だ！」

僕らは協力して大きな魚を釣り上げた。

「これは何かしら？」

「うむ、タチウオだな。スズキ目サバ亜目タチウオ科に属する回遊魚である。歯が鋭いので気をつけるように」

銀色に光り輝くタチウオは本当に剣のようだ。ユージェニーは大興奮である。

「すごい大物を釣り上げたわ。私、才能があるのかも！　帰ったらお父様とお母様に自慢しなきゃ」

釣り大会の結果はこんなふうになった。

一位　ユージェニー　タチウオ　四・七キロ
二位　セディー　ヒラメ　三・六キロ
三位　ノワルド　カサゴ　三九〇グラム

ユージェニーは魚の形をしたトロフィーをもらって大喜びだった。僕もリール付きの竿をもらったよ。今後はこれを使って釣りをしていこうと思う。

ちなみにシャルはイルカと遊んでいたらしく、魚を獲ってくることはなかった。

Chapter5
さすらいの料理人

Tips

ポイントで手に入れた
魔道具はガンダルシア島の
外へは持ち出せません。
気をつけましょう。

日課になっている畑仕事が終わると、僕とシャルはルボンへ出かけた。ルールーが教えてくれた食料品店にロブスターとアワビを売るためだ。

コテージを出てしばらく歩くと、道のわきに星形の窪みがあった。

もしかしたら醤油の実が出てくるかもしれない。こんなこともあろうかと携帯していたスコップを取り出し、僕は喜び勇んで窪みを掘り返した。

「父上、どうしたのですか？　突然地面を掘り返したりして」

黄龍であるシャルにも、この窪みは見えていないか。これを認識できるのは、ここがアイランド・ツクールの世界であることを知る僕だけのようだ。

「僕の特殊能力だよ。ここを掘れと僕の魂が告げているんだ」

「ふぉお……！」

シャルは人を疑うということを知らない。素直に信じて感心していた。

ザクザクと土を掘り返すこと二〇センチ。僕は何かを掘り出した。

「これは調味料の実じゃないか！」

残念ながら出てきたのは黄色いカレーの実だった。欲しかった醤油の実は紫色をしているのだ。

でも、これはこれで嬉しいな。アイランド・ツクールの中だと、カレーの実が三粒あれば二人前のカレーが作製できた。きっと、この世界でも分量は同じくらいだろう。僕は見つけたカレーの実をハンカチに包んで、大事にポケットにしまっておいた。

教えてもらった食料品店は予想以上に大きかった。店舗の裏には買い取りカウンターがあり、僕たち以外にも、卵でいっぱいのかごを抱えた農家の奥さんなんかもいる。

僕とシャルは奥さんの後に並び、自分たちの順番が来るのを待った。

「次の人」

がっしりとした体にゴワゴワのひげを生やしたおじさんに呼ばれた。

「坊やは何を持ってきたんだい？」

「ルールーの紹介で来ました。ロブスターとアワビを持ってきたんです」

「漁師のルールーか。ということは、坊やも漁師かい？　そうは見えないけど……」

おじさんは不思議そうに小首をかしげている。

「自分はガンダルシア島の領主です。これはうちの島でとれた産物なんですよ」

「ああ、坊やが噂の領主様か。ルールーやサンババーノのばあさんたちから聞いてるよ。あのばあさんたちに一目置かれるとはたいしたもんだな」

一目置かれているのはシャルなんだけどね。

「これからは何かとお世話になると思いますが、よろしくお願いします」

「なるほど、小さいのに礼儀正しいんだなあ。さすがは貴族の坊ちゃんだ。どれ、品物を見せてもらいましょうかね」

おじさんはロブスターとアワビを台の上で吟味し始めた。

「ずいぶんと大きなロブスターだね。それはどこで獲れたの？」

ふいに後ろから声をかけられた。振り返ると、スレンダーで目の細いお姉さんがまじまじと台の上のロブスターを凝視している。黒っぽい髪はサイドテールにまとめられている。

「この近くのガンダルシア島で獲れたんですよ」

「そのアワビも？」

「ええ、この辺は海沿いだから海産物が豊富なんですけど、ガンダルシア島で獲れるものは特に美味しいようです」

これはルールーからの受け売りだ。

「同じ地域でも、魚介が格段に美味い場所の話はあちらこちらで聞くわね。旅の間もそんな場所を何度か見てきたわ」

「お姉さんは旅人ですか？」

「そうよ。諸国を渡り歩いて、いろいろなレシピや食材を調べているの」

ノワルド先生といい、このお姉さんといい、旅に出る人が多いんだな。

「ねえ、君はそのガンダルシア島の住人なの？」

「住人というか領主です。僕はセディー・ダンテス」

「領主!?」

こんな子どもが領主だからお姉さんは驚いたようだ。細い目がいくぶんか大きく開いている。

「これは失礼したわね。私はリン・シトロン、旅の料理人よ」

「リンは食材を探しているんだよね。だったらガンダルシア島に来てみない？　僕もまだ島に来たばかりだからよくわからないけど、ひょっとしたら珍しい食べ物があるかもしれないよ。あそこは不思議な島なんだ」

「不思議な島？」

リンは目をキラキラさせている。食材を求めて旅をするくらいだから好奇心が旺盛なのだろう。

「島の海産物は大きくて味がいいし、農産物だって評判なんだ。成長も他所より早いような……」

三日で収穫できることは黙っておこう。

「おもしろそうね。島を探検すれば、未知の食材に出会えるかしら……」

「きっとそうですよ」

リンが島に来てくれれば、僕の知らない新たな食材を発見してくれるかもしれない、そんな子どもらしからぬ打算が頭の中で働いていた。

それに、新たな出会いによって島がまた発展するかもしれないのだ。この機を逃がす手はないぞ。

「よかったら島に来ませんか？　見つけた食材はすべてさしあげますから」

「本当にいいの？　高級食材を見つけちゃうかもしれないんだよ？」

リンは興味津々だ。

「かまいません。ただ、新しい食材を見つけたときは、ちょっと味見をさせてもらえればありがたいです」

僕のすぐ横でシャルがヘヴィメタルバンドのヘッドバンギングみたいに頭をブンブンと振って同意していた。シャルも美味しいものには目がないのだ。

「わかった。料理のことなら任せておいて。見つけた食材で最高の料理を振舞うよ」

こうして、リンは僕らと一緒にガンダルシア島へ行くことになった。

ガンダルシア島へ渡る架け橋を見るとリンは興奮して喜んでいた。

「いいね。いかにも冒険って感じがするよ。美味しい食べものの予感がする」

わからないでもない感想だ。雰囲気としてはＲＰＧゲームのエリアマップで島へ渡るのにそっくりだもんね。

「まずは島で漁師をやっているルールーに引き合わせるね。海産物のことなら彼女に訊くといいよ。森の中の植物は好きに採ってもらってかまわないから。おっと！」

話の途中で僕は星形の窪みを見つけた。

「ちょっと失礼。待っていて」

携帯していたスコップで地面を掘り返す。今度こそ醬油の実が出てほしい。

地面を掘り返していると、後ろからシャルとリンの会話が聞こえてきた。

「セディーは何をやってるの？」

「父上は宝さがしをしているであります。父上が地面を掘ると必ず宝が出てくるであります」

「えー、嘘みたいな話だね」

「嘘ではありません。父上は百発百中なのであります！」

一〇センチほど掘るとスコップの先端に何かが当たった。

「お、春虫秋草か。これは魔法薬の材料になるんだよね。サンババーノで売れるかな？」

春虫秋草は虫に寄生する茸の一種だ。回復薬や精力剤になると本には書いてあった。

「へえ〜、お宝って言うから金貨でも見つけるのかと思ったけど、素材を探していたんだね。たいしたもんだ」

実は金貨が出ることもあるのだけど、詳しい説明はまた今度でいいだろう。

「父上、醤油の実ではありませんでしたか……」

シャルがしょんぼりした顔をしている。醤油をつけて食べるウニご飯の美味しさを力説したので、シャルはすっかりその気になってしまっているのだ。

「大丈夫、いつかは必ず見つけるからね」

アイランド・ツクールで、醤油の実を見つける確率は低くはなかったはずだ。年がら年中探していれば、そのうち見つかるだろう。


ルールーやノワルド先生と顔合わせをした後、リンは島中を巡って食材を集めてきた。

「アミタケ、オレンジ、キイチゴ、これは何かしらね？」

リンが持っているのは拳大の黒い果実だ。

「え、これ……ア……、ア……」

遠い前世の記憶が僕の頭の中によみがえる。

「アボカドだ！」

「アボカド？　聞いたこともない名前だね。この辺ではよく食べるのかい？」

いや、この地域でアボカドが採れるなんて聞いたことがない。ダンテスの屋敷でだって食卓に上ったことは一度もないぞ。きっと、採れるのはガンダルシア島だけだと思う。後でノワルド先生に確認しておこう。

「おそらく、この島にだけ生えていると思います」

「そんな珍しい食材なんだ！　こいつは大発見だね。いったいどんな味がするんだろう」

リンがもいできた実は黒く熟していて食べ頃だった。

「生のままでも食べられますよ。さっそく食べてみましょう」

「それがいいであります！」

誰よりも張り切っていたのはシャルだった。

前世ではアボカドには醤油をかけるのが好きだったけど、残念ながら醤油の実はまだない。仕方がないので少量の塩をかけて食べることにした。

「こいつは驚いた。美味しいじゃないか！　クリーミーな食感もおもしろい。いろんな料理に使えそうだね」

少量のアボカドを口に含んだリンが喜んでいる。

「僕の故郷では森のバターなんて呼ばれていましたよ」

「故郷？　この辺ではそう呼ぶのかい？　たしかアボカドはこの島にしか生えてないのよね？」

しまった。故郷は故郷でもこれは前世の話だ。

「言い間違えました。ここではそう呼ぼうかなって話です」

「なるほど、森のバターはいい表現だね。パンとの相性もよさそうだし」

そうそう、サンドイッチにしても美味しいんだよね。

「スモークサーモンとアボカドのサンドイッチを食べたことがあります」

「スモークサーモンと合わせるのか！　それはおもしろい。他には何が挟まってた？」

「たしか、トマトとスライスオニオン、あと、マヨネーズだったかな」

「マヨネーズ？　なにそれ！」

リンはメモ帳を取り出して僕の言葉を書きつけている。そういえば、この世界にはマヨネーズもなかったなあ。

「マヨネーズというのは卵とオイルを使ったソースの一種ですね」

「私は諸国を渡り歩いていろんな料理のレシピを集めたけど、そんなソースは初めて聞くよ」

それはそうだろう。マヨネーズが作られたのは昔のフ……、フラ……、フラミンゴ？　ダメだ、よく思い出せない。

まあいいや、作り方はなんとなく覚えているからね。卵黄と酢をよく泡立てながら、少しずつオイルを混ぜていけばできたと思う。

「作ってみます？」

「ぜひ食べさせて。お礼は何でもするから！」

「材料は揃っているかな？」

塩、酢、卵、オリーブオイルはキッチンにあった。問題は調理器具だ。

「かき混ぜる道具がないなあ。お箸じゃ上手く泡立たない気がする」

「泡立て器が必要なのかい？」

リンは自分のバッグから道具を出してくれた。

「立派な調理器具ですね」

「鍛冶屋に特注したんだ」

この世界では調理器具も特注品だ。ホームセンターで買ってくるなんてことは不可能である。だから、リンの道具はどれだって貴重品なのだ。それはもう、お侍にとっての刀くらいの感覚かもしれない。

それにもかかわらず、今日知り合った僕にリンは道具を貸してくれるのだ。それくらいマヨネーズが食べたくて、さらに言えば、食への情熱が溢れているのだろう。

「では、泡立て器をお借りしますね」

「私はルールーのところへ行ってくるよ」

「どうして？」

「魚を分けてもらうんだ。スモークサーモンの代わりになるものを見つけてくる」

リンはすぐに出かけてしまった。

リンが出て行くとシャルがウキウキしながら声を上げた。

「父上、美味しいものを作るのですか？　シャルはフルーツケーキがいいと思います！」

フルーツケーキはシャルが愛してやまない、いちばん好きな食べ物だ。だけど、今回は望みをかなえてあげられない。

「ごめんね、材料や器具がないからフルーツケーキは無理だよ。あれを焼くにはオーブンが必要だからね」

「うちにはオーブンがないのですか？」

シャルはがっくりと肩を落とした。

キッチンに魔導オーブンを設置するには2ポイントが必要だ。保有ポイントは37もあるから導入は余裕である。ただ、ケーキを焼くには他にも細々とした道具が必要になってくる。計量カップや粉ふるい、焼き型などなど。

それに何といっても、僕はケーキの焼き方をよく覚えていなかった。

ただ、スイーツは計量が大切だという記憶は残っている。やはり、各種スケールは欠かせない気がした。

「しょんぼりしないでよ。ケーキはいつか街へ買いに行こう。今日はマヨネーズを作るんだ。マヨネーズだって美味しいんだぞ」

「美味しいでありますか？」

シャルはまだ元気がない。

「シャルはバゲットが大好きだろう？」

「大好きであります」

「これから作るのはバゲットを半分に切って、そこにスライストマト、スライスオニオン、レタス、アボカド、スモークサーモンを挟んだサンドイッチだぞ」

「ほぉおおお……」

「マヨネーズは個々の素材を一体にまとめ上げる、オーケストラの指揮者みたいな存在なんだ」

シャルはオーケストラを知らないだろうけど、なんとなく察したようにうなずいた。

「トマトや玉ネギ、レタス、アボカド、スモークサーモンを一つにするのでありますね」

「そのとおり！　一つ一つの食材が混然一体となったとき、それは天にも昇るような至高の味に変化するんだぞ」

「おおぉおお！」

それまでとは打って変わって、シャルはがぜんやる気をみなぎらせた。

「父上、マヨネーズを作りましょう！　シャルは至高のサンドイッチを食べて天翔ける昇龍になりとうございます！」

うん、表現は少し大げさだけど、やる気があるのはよいことだ。

「それじゃあ、手を洗ってからマヨネーズを作るとしよう」

夕飯に間に合うように、僕らはさっそく仕事に取り掛かった。

卵黄二個を割り入れたボウルに、酢と塩を少量ずつ入れた。

「まずはこれをよく混ぜるんだ。空気を含ませながらたっぷりとね」

リンに借りた泡立て器を使い、全体がもったりとするまでかき混ぜていく。

「ふぅ、けっこう力がいるな」

しばらく混ぜ続けていると腕が重たくなってきた。前世で料理をしていたときは大人だったのかもしれない。こんなに疲れた記憶はないぞ。それともハンドミキサーを使っていたのかな？

「シャルもやりたいであります！」

手をうずうずさせながらシャルが僕を見てきた。

「こぼさないようにできる？」

「できます！」

ちょっと心配だったけど、期待に目を輝かせるシャルの願いを退けるのはかわいそうな気がした。たとえ失敗しても、そのときは作り直せばいいだけか。幸い卵はまだ残っている。

「じゃあ、気をつけてやってみて」

シャルは神妙な顔でボウルを受け取った。そして小さな手を使って器用にかき混ぜていく。

「上手いじゃないか」

「…………」

褒められるとすぐに喜ぶシャルだけど、今は真剣にマヨネーズ作りに打ち込んでいる。

「じゃあ、シャルはかき混ぜててね。僕はオリーブオイルを入れていくから」

ドラゴンパワーのおかげでシャルの手はまったく止まらない。一定のリズムで卵をかき回し続けている。

僕は細心の注意を払いながら、オリーブオイルを糸のように細くボウルに垂らした。

「ふおおお、固まってきました！」

「手は疲れてない？」

「疲れる？　どうしてでありますか？」

黄龍であるシャルにとって、こんなことは運動の内には入らないのだろう。

「そのまま混ぜ続けてね。ゆっくりとオイルを加えていくから」

「はい！」

およそカップ一杯分のオリーブオイルがボウルに加わり、マヨネーズは完成した。

「これがマヨネーズですか」

「肉や魚、野菜にそのままつけて食べても美味しいし、グリルしてもいいんだよ」

「早く食べてみたいです！」

そこへルールーのところへ行っていたリンが帰ってきた。

「ただいま。さすがにサーモンはなかったけど、獲れたてのサバをもらってきたよ。これをスモークして使おう」

サバのスモークは食べたことないけど、リンは自信がありそうだ。ここは料理人のセンスを信じてみよう。

「ちょうどよかった。マヨネーズができたよ」

出来上がったばかりのマヨネーズをリンに差し出した。

「これがマヨネーズ。味見をしていい？」

スプーンの先にちょっとだけマヨネーズをつけてリンは口に入れた。

「……これはおもしろい。ドレッシングに近い感じだよね。セディーの言うとおりサンドイッチにしたらよさそうだ。うん、サバのスモークにも合うと思う。キッチンを借りるよ」

リンはまな板の上にサバを置いた。海で下処理はしてきたようだ。

「脂の乗り具合、身の締まり具合、どちらも最高だよ。確かにこの島の海産物は他と段違いだ」

器用に包丁を入れてルーレルーは瞬く間にサバをおろしていく。身を冊に切り出したと思ったら、今度は刺身風に切っているぞ。でも、あんなふうに切ってどうするのだろう？

「お刺身にするの？」

「お刺身？　それは何？」

「切り身を生で食べるのかなって」

「そんなことはしないよ」

リンは笑いながら作業を続けている。

こちらの世界では鮮魚を生で食べるという習慣もない。やはりあれは日本独特の文化なのだろうか？

サバには寄生虫がいるという記憶もよみがえったので、リンに否定されて僕はホッとしていた。

「その切り身はどうするの？」

「本来なら塊の状態でスモークするんだけど、それをやると時間がかかるでしょう？　だから時間がかからないように薄く身を切ったの」

リンは鞄の奥から麻袋を取り出した。中に入っていたのはウッドチップだ。

「これでいいか……。外でいぶしてくるよ。火を焚いていいかい？」

「畑の脇に火を焚く場所があるんだ」

いつも畑に現れる枯葉や枝を燃やすところだ。

「そこを使わせてもらうよ」

リンはサバを持って表に出た。僕とシャルは顔を見合わせて、すぐにリンの後を追った。

その辺に落ちている小枝を拾って、リンは器用に小さなやぐらを組み立てた。それから、やぐらに葉っぱを重ねて壁を作っていく。

「この中でサバをスモークするんだよ。さあ、準備ができた。火打ち石は……」

火打ち石を取りに戻ろうとするリンを止めて、僕が火炎魔法で着火した。小さな枝ばかりなので火は簡単に燃え広がっていく。

火がしっかりしてくると、リンはウッドチップを盛った鉄皿を焚き火の上に置いた。

「こうするとウッドチップから煙が出てくるんだ」

やぐらの入り口を葉の付いた枝で塞ぎながらリンが教えてくれた。これは桜の木のウッドチップで、しっかりした香りがつくのが特徴らしい。

「スモークには少し時間がかかるから、その間に他の材料の準備をしちゃおうね」

頭の中ではすでに料理の段取りが組み立てられているようだ。リンは手際よく準備を進めていく。

僕とシャルも野菜を洗い、道具の片付けなどをして手伝った。

テーブルの上には見栄えのするサンドイッチがのっていた。短い時間だったのに、野菜のスープも並んでいる。彩り鮮やかな野菜がいっぱいで、いかにも美味しそうだ。

前世の日本だったら『ばえる』と形容するくらいに素敵だった。

「美味しそうだなあ」

「ううっ、待ちきれないであります」

期待に胸を膨らませる僕らを見て、リンは満足そうな笑みを漏らした。

「さあ、召し上がれ」

「いただきます！」

サンドイッチにかぶりつくと、口の中に異次元の感動が広がった。前世の人生も含めて、僕がこれまで食べてきた中でも最高に美味しいサンドイッチだ。

「サバの臭みがまったくないし、すべての具材が調和している」

パン、サバの燻製、野菜、アボカド、マヨネーズ、香辛料、わずかに香る柑橘類、すべてが混然一体となって重厚な味の交響曲《シンフォニー》を奏でている。

「美味しいです！　美味しいであります！」

僕らは夢中になってサンドイッチとスープを平らげていく。僕らの喜びようを確認してからリンも食事を始めた。

「このマヨネーズっていうソースは奥が深いね。いろいろな料理に使えそうだよ」

「タルタルソースも美味しいんだよなあ」

「なにそれ!?　今すぐ教えて！」

リンの食いつきようはすごい。食の情報となると、いくらでも知りたいようだ。

「ちょっと待ってよ。先にサンドイッチを食べさせて」

「わかったわ……。それにしてもクセになる味よね」

「未確認情報だけど、大昔にはマヨラーと呼ばれる人たちがいて、あらゆる食材にマヨネーズをつけて食べていたんだって」

「へ～、そんな記録があるんだ。さすがになんにでもは嫌だけど、私なら……」

リンは新しいレシピをいろいろ考えているようだ。そしてやおらうなずくと僕に訊いてきた。

「この島は本当に不思議な島ね。もしよかったら、しばらく滞在してもいいかな？」

「もちろんだよ。好きなだけいてくれていいからね」

その瞬間、僕の目の前でステータスボードが開いた。

小さな食堂の作製が可能になりました！
条件：腕の良い料理人と仲良くなること。
必要ポイント：5
備考：今なら各種道具をプレゼント。

リンと知り合ったおかげで食堂を作れるようになった。夕暮れ時で、外は薄暗くなっている。今のうちに食堂を作ってしまおう。

「食事が終わったら外へ行こう。いいものが作れそうだから」

「父上、力が満ちたのですね？」

「まあ、そんなところ」

僕とシャルの会話を聞いてリンが首を傾げている。

「どういうことなの？」

「美味しい料理を食べさせてもらったお礼に、今度は僕の魔法を披露するよ」

片付けは後にして、僕らは先に外へ出た。

小さな食堂の予定地はコテージのそばだった。同じ高台にあり、海がよく見える場所だ。保有ポイントは37も貯まっていたので小さな食堂を作るのは簡単だった。

「ど、どういうことなの、これ……？」

突如現れた食堂を見てリンが腰を抜かしていた。

白い土壁の一軒家で、海側にはウッドデッキもついている。テーブルの数はぜんぶで四つ。こぢんまりとした街の食堂って風情だった。

「これはレストラン？」

リンは恐る恐るといった感じで店の中を覗いている。

「まだ、レストランって感じじゃないよ。今は食堂って表現の方がしっくりくるな」

　こちらも高級レストランに育成することは可能だ。

「入ってみようよ」

　リンとシャルを連れて店の中に入った。

　店の壁はクリーム色の珪藻土が塗られていた。窓枠は青く塗装され、爽やかな印象を与える。テーブルと椅子は高級品ではなかったけど、居心地のよい空間が広がっていた。

「セディー、キッチンを見てもいいかな？」

　さすがは料理人だけあって、リンがいちばん気になるのはそこのようだ。

「遠慮せずに入ってみて。好きに触っていいからね」

　キッチンには大鍋やフライパンなど、一通りの道具がそろっていた。それだけではない、大型の魔導コンロや水魔法を応用した給排水システムまで完備しているではないか。

「たいしたもんだね。これならすぐにでも営業を始められそうだ」

　リンはコンロの火力を確かめている。

「厨房の奥には休憩室もあるね。島にいる間はここを使ってよ」

「いいのかい？」

「うん、よかったらここでレストランを始めてくれたってかまわない」

「はあ？　私とセディーは今日知り合ったばかりだよ。どうしてそんなに親切にしてくれるの？」

「ん～、それは僕の秘密に関係があるんだ。この食堂はね、リンと知り合えたから作ることができたんだ」

「私と知り合ったことで、魔法が使えるようになったの？」

「まさにそれ！　運命の人と出会うと、僕は能力を発動できるんだよ」

「私はセディーにとって運命の人？」

はっきりしたことは言えないけど、僕はそんな気がしている。

「やっぱり信じられないよね？」

「……そんなことない」

しばらく考えてからリンはそう言った。

「私にとってもセディーは特別な人なのかもしれない。こんなことを言ったら変だと思われるかもしれないけど、ガンダルシア島に来たときから、この島がずっと私を呼んでいた気がしたんだ」

「それはきっと気のせいじゃないと思うよ」

「うん……」

リンは真面目な表情で考え込んでいる。

「とにかく、好きなだけ島にいていいからね」

「ありがとう。お世話になるけど、よろしくね」

リンは自分の運命を信じてみようという気になっているのかもしれない。僕も腕のいい料理人がご近所さんになってくれて嬉しい。

「リンがここにいてくれるのなら、僕からプレゼントがあるよ」

3ポイントを消費して業務用の大型冷凍冷蔵庫を手に入れた。

「これ、氷冷魔法を使った高級魔道具じゃない！　セディーはこんなものまで手に入れることができるの？」

「まあ、島の中で使うだけならね」

ポイントで手に入れたアイテムは島の外へ持ち出すと使えなくなってしまう。だから、冷蔵庫などを輸出して儲けるのは不可能なのだ。そうじゃなかったら簡単に鶏やヤギを買えるのにね。そこまで世の中は甘くないということか。

現在の保有ポイントは29。明日までに10ポイント回復すれば39。保有可能な累積ポイントの上限は40だから、ちょうどよかったかもしれない。

「ありがとう。私、セディーとシャルのためにたくさん料理を作るからね」

それは僕にとっても嬉しい申し出だったし、シャルは僕よりはしゃいでいた。リンの料理は僕が作るよりずっと美味しいもんね。

格が違いすぎて悔しさも湧いてこないよ。リンは料理人としてずっと修業をしてきたのだから、それは当然のことだ。

それよりも、僕の前世の知識と、リンの料理の腕、ガンダルシア島の食材が結びついたらどんな化学反応が起きるのか、僕はそのことに期待している。きっと、素晴らしい料理ができるんじゃないかな。

とにかく、無人島だったガンダルシア島に新しい住人が増えるのは喜ばしいことだった。

気持ちのよい朝だった。スッキリと目覚めたし、体に疲れは残っていなくて、やる気だけが満ちている。

◆

セディー・ダンテス：レベル3
保有ポイント：39
幸福度：100％
島レベル：2

幸福度が過去最高の100％だ！　美味しいものを食べて、温泉に入り、安全で快適なベッドで寝られたからだろう。

もちろんリンと知り合えた影響も大きいな。僕は隣人に恵まれている。

ルールーは陽気な友だちで、いつも美味しい魚介を届けてくれるし、船の動かし方や、海のことをたくさん教えてくれる。

ノワルド先生は幅広い知識を授けてくれる立派な師だ。錬金術や魔法薬学にも精通している。先生が貸してくれる本はどれもおもしろいし、わからないところは丁寧に教えてくれる。

黄龍のシャルは僕にいっぱい甘えてくるけど、それで助かっているのは僕の方だ。シャルが甘えてくれるから、僕は寂しくないのだ。

それにシャルは力持ちなので、いろんなことを手伝ってくれるし、洞窟では僕の護衛もしてくれる。シャルとならどこへ行くのだって安心だ。

新しく島に来たリンとも、よい関係を築けたらいいな。

お、ステータスをよく見たらレベル3になっていた！　これで累積保有ポイントの最大値は45にまで増える。

そろそろ島の施設をレベルアップさせる潮時だ。まずは洞窟のレベルを上げたいけど、やっぱり慎重に見極めていかないとね。

朝のルーチンになっている畑仕事をした。昨日植えた玉ネギがもう芽を出している。玉の部分から真っ直ぐに伸びる葉は、ネギと同じように調理できるそうだ。

ルールーはもう少し沖に出ればマグロが釣れるかもしれないと言っていた。もしも手に入るのなら、ネギトロ丼を作って食べたいものだ。そのためにも醤油の実と米を何としても手に入れないといけない。

「よいしょ！　よいしょ！」

シャルが自分の体よりも大きな岩を畑の隅に運んでいる。

今日、菜園に出現した岩はこれまでになく巨大だった。シャルがいなかったら当分畑の一区画は使えないままだったろう。

「父上、このお邪魔岩はここに置いとけばいいでありますか？」

「うん、とりあえずそこでお願い」

「はーい。えいっ！」

シャルの放り投げた岩が音を立てて地面にめり込むと、ステータス画面が開いた。

作製可能なもの：石畳の道
説明：歩きやすく馬車も通れる石畳の道です。
必要ポイント：5
備考：三〇メートル分の石が溜まっています。

思い出した！　アイランド・ツクールでは、石を集めると道路の整備が可能になるのだ。未舗装のままだと、雨の後はぬかるんだりして歩きにくいんだよね。少しずつでもいいから道を整備していくとしよう。

まずはコテージから架け橋に向かう三〇メートルを整備した。

「ふぉおおおっ！　道がぺったんこになりました！」

「いい感じだね。これなら歩きやすそうだ」

コテージと架け橋の間は二〇〇メートルくらいあるので全面開通にはまだ至らない。でも、いつかはすべての道を整備したいものだ。まあ、焦らずにのんびりやろう。

「父上、石があれば道がきれいになるでありますか？」

「そうだね。僕の保有ポイントも必要だけど――」

「だったら、シャルが持ってくるであります！」

「はい？」

「しばらくお待ちを！」

シャルは裸足のまま駆けていき、しばらくして駆け戻ってきた。シャルの両手は万歳のように高く掲げられ、その上には僕の何倍もある大岩が載っている。それなのにシャルの走るスピードは変わっていない。

「ただいま戻りました！」

「お、おかえり……」

「岩は先ほどと同じところに置きますね」

ズシーン……。

さっきよりも大きな地響きがして、巨大な岩が大地にめり込んだ。

うん、道がさらに三〇メートル作製可能になっている……。

「いかがでしょう、父上？」

「ありがとう。おかげでもう少し道を整備できそうだ」

「でしたら、シャルはもっと岩を集めてきます！」

言うが早いか、シャルはまたもや駆け出し、何往復もして岩を集めてくれた。僕は岩が集まるごとに道を整備していく。

シャルが頑張ってくれたおかげでコテージから架け橋までの道はすべて石畳になり、リンの食堂までの道も整備することができた。

今後、ポイントを振れば沿道に花壇や街路樹を設置することも可能だ。楽しみが広がっていくな。

「もっと岩を集めてきましょうか？」

「いやいや、ポイントは4しか残っていないから、今日はもう作れないよ」

「それは残念であります……」

自分が運ぶ岩が次々と道になるのが楽しかったのだろう。もうできないと言うと、シャルはしょんぼりしていた。

「作れるようになったら、シャルにお仕事を頼むからね。そのときはまた大きな岩を運んでくれるかな？」

「シャルに任せてください。こ――んな大きな岩だって、シャルが運んでみせますから」

小さな手足をいっぱいに伸ばして、シャルは岩の大きさを表現していた。

他の人が見れば、小さな子どもが少し大きめの石を運ぶと思ってしまうだろう。でも、最強種のシャルが運ぶのは、3トンはある大岩だ。かわいくもあり、頼もしくもあった。

約束の日がやってきた。今日はみんなをランチに招待する日である。必要なものはすべて買いそろえてあるし、料理のコツはリンからレクチャー済みだ。ゲストを迎える準備はできている。

正午前にドアがノックされたので、てっきりユージェニーがやってきたと思った。ところが、扉の外にいたのはポール兄さんだった。

「伯父上！　ようこそいらっしゃいました」

「お、おう……。たしかシャルロットだったな。元気にしていたか？」

シャルに伯父さん扱いされてポール兄さんは面食らっていた。普段は表情に乏しいポール兄さんなのに、少しうろたえているのがおもしろい。

「兄さん、どうしたんですか、突然やってきて？」

まさかランチが食べたくてやってきた？　兄さんは忙しいだろうと考えて、あえて招待状は送っていない。

「また、様子を見に来たのだ。これは土産のチーズだ」

兄さんは自分の牧場で作ったチーズの塊をシャルに手渡していた。

「伯父上、ありがとうございます。どうぞお掛けください。昼食会まではまだ時間があります」

「昼食会？　忙しいときに来てしまったのか？」

「そんなことないよ。ご近所さんを集めてお昼を食べようってだけだから。兄さんの分もあるから食べて行って」

「悪いな」

せっかく様子を見に来てくれたんだ、僕だってポール兄さんをもてなしたい。なしのつぶてであるアレクセイ兄さんのことはどうでもいいけどね。

「でも、そうなると招待客は六人か。ここじゃ狭いから、リンの食堂を使った方がいいな」

本日のゲストはユージェニー、ルールー、ノワルド先生、リン、シャルにポール兄さんを加えた六人だ。

コテージの居間には入りきらないからリンの食堂を借りることにしよう。向こうの方がコテージより立派なキッチンがあるからちょうどいい。

「兄さん、島の食堂へ行きましょう。ここじゃあ手狭ですから」

「来る途中にあった白い建物か。ずいぶんと島が発展していないか？　この前来たときは橋や道なんか見当たらなかったはずだが……」

兄さんにはまだ僕の力を説明していなかったな。

「この島限定ですが、創造系の魔法が使えるようになったんですよ」

「創造系？　土魔法や植物魔法で工作を行う感じか？」

「ちょっと違うけど、そんな感じです。まあ、ガンダルシア島の中でしか使えませんけどね」

「それは残念だ……」

きっと牧場の仕事を手伝ってもらいたかったのだろう。ポール兄さんは本当に残念そうだった。

正午少し前にユージェニーがやってきたのを皮切りに、みんながリンの食堂に集まった。僕は一足先にキッチンに入り、すでに料理の準備は整っている。本日のメニューはこんな感じだ。

前菜：アボカドと生ハムのサラダ
副菜：ウニとアワビのクリームパスタ
主菜：ロブスターのマヨネーズグリル
焼き立てパン（ポール牧場のフレッシュチーズを添えて）
デザート：オレンジシャーベット
レモンバームとアップルミントのハーブティー

テーブルに載せられた料理の数々を見て、ユージェニーは目を見開いて驚いていた。

「本当にこれをセディーが作ったの？」

「もちろん。味付けの監修はリンにしてもらったけどね」

ユージェニーは上品にフォークを口に運んでいる。

「パスタはもちもちで食感がとてもいいわね。それにソースがよく絡んでいるわ。ウニを使ったソースがこんなに美味しいなんて初めて知ったわ」

「だろう？　ウニはとっても美味しいんだよ。僕の腕はともかく、ガンダルシアの海鮮は本当に美味しいんだよ」

「ううん、セディーが料理上手なのよ。初めて食べるものばかりで、ちょっと信じられないくらい驚いているわ」

ポール兄さんもびっくりしている。

「セディーにこんな特技があったとは知らなかった。屋敷の料理人に教えてもらったのか？」

「そうじゃないけど、書物を読んだりね……」

前世の記憶なんて言ったら、頭がおかしくなったと思われてしまいそうだ。

「この食堂はもう営業しているのか？」

「それはリン次第だよ。なにせシェフはリンだからね。リンは僕よりもずっと美味しい料理を作るんだ」

リンの料理は格が違うのだ。一つ一つの仕事が丁寧で、いくつもの手間を惜しまず、食に対する知識も段違いなのである。

「ほう、それほどか」

兄さんの視線に、リンは少し照れていた。

「近いうちに友人たちと食事をしたいのだが、ここを使わせてもらっていいか？　珍しい料理を頼みたいのだ」

ポール兄さんの友人というと貴族家の次男や三男で、軍の将校なんかが多い。食通もけっこういるから、ここで友だちを驚かせようという考えなのだろう。

「予算はどれくらいにする？　それに合わせてコースを用意するよ」

「一人1万5000クラウンくらいで頼む。日取りと人数は、決まり次第手紙を送る」

「わかった。リン、かまわないよね」

リンは力強くうなずいた。予約が入って嬉しいようだ。きっと頭の中で、もうメニューをいろいろと組み立てているのだろう。

参加者の全員が出された料理をすべて平らげ、昼食会は大成功に終わった。

「私の獲った魚介があんなふうに美味しくなるなんてびっくりですよぉ。これからも新鮮な魚をセディーに届けますねぇ。それと、ウニを気持ち悪いなんて言ってごめんなさい。今日で大好きになりましたぁ」

ルールーはそう言って、漁師小屋へ帰っていった。

「すっかりご馳走になった。大変美味しかったよ。今度は一緒に洞窟へ行って、ダンジョンマッシュルームを採ってこようじゃないか。あれもパスタには最高に合うからね」

「ぜひ行きましょう、ノワルド先生」

先生はご馳走のお礼だと言って、美しい貝の化石をくださった。さっそくコテージの机の上に飾ったけど、それだけで部屋が書斎っぽくなった。

「リン、今日の料理はどうだった？」

「茹で加減、味付け、共に上出来だよ。後は包丁さばきを究めれば立派な料理人だね」

僕は料理人になる気はないけど、これからもリンと新しい料理を開発していくつもりだ。そのことを伝えると、リンはとても喜んでいた。

ゲストたちを見送って、僕とシャルとユージェニーはコテージに帰ってきた。家に入るなりユージェニーが切り出してくる。

「さあ、あなたの願い事を言ってちょうだい」

「なんのこと？」

「料理が美味しかったら、セディーの願い事をなんでもひとつ叶えてあげるという約束だったじゃない」

「ふぉおっ！　そうでありました。シャルはフルーツケーキがいいと思います。さあ父上、ユージェニーお姉さまにフルーツケーキをおねだりするのであります！」

ユージェニーは笑いながらシャルをたしなめた。

「ダメよ、シャルちゃん。今回はセディーのお願いを聞いてあげなきゃ。フルーツケーキはまた今度持ってきますからね」

と言われても困ってしまう。食材集めや料理に夢中だったから、何も考えていなかったのだ。改めて願い事なんて言われても、とっさには思いつかないぞ。

強いて言えば僕もグリフォンが欲しいけど、ギアンを譲ってくれとは言えないなあ。幼い頃から一緒に育っているから、ユージェニーとギアンの間にはしっかりと絆ができている。それを引き裂くような真似はとてもできない。

「そうだなあ……。だったらユージェニーも食堂の宣伝をしておいてよ」

シンプソン伯爵家のユージェニーならいい宣伝効果が期待できそうだ。

「そんなことでいいの？」

「かまわないさ。食堂が繁盛すれば島も潤うはずだからね」

アイランド・ツクールでは島の住民から家賃を徴収することができた。価格の設定は自分で調整できたはずだ。

気をつけなければならないのは、家賃が高すぎると島に居ついた人たちが出て行ってしまう点だ。

ことさら儲けたいという気はないので高めに設定する必要はないだろう。島を発展させたいけど、それ以上に僕は住民との関係を重視したいのだ。

ただ、今後のグレードアップにはお金も必要になってくる。適正な家賃を維持していこうと思った。

ユージェニーはちょっと考え込んでから、名案が浮かんだとばかりに顔をほころばせた。

「だったら、温泉も宣伝したら？　入浴料を徴収すれば、セディーの収入になるじゃない」

「なるほど、それは考えていなかったなあ」

今は壁もない露天風呂だけど、もう一段階グレードアップすれば、お金を取っても恥ずかしくない施設になるかもしれない。

僕らは紙とペンを取り出し、今後の計画についてまとめることにした。

ユージェニーやシャルとガンダルシアの今後を話し合うのは楽しかった。ペンはさらさらと紙の上を走り、青いインクが僕たちの未来を鮮やかに描き出していく。

露天風呂をグレードアップ。壁や脱衣所のある入浴施設にする。
必要ポイント：15
必要経費：10万クラウン

架け橋の先端にゲートを取り付ける。そこで入浴料を徴収する。夜間などに不審者が島に入り込まないようにする。
必要ポイント：3

温泉までの道を整備する。
必要ポイント：10
備考：岩を集める必要あり。シャルが頑張る！

「作らなきゃいけないのはこれくらいかな」

食堂や温泉の看板は、ルボンの街でペンキを買ってきて自作すればいいだろう。

「ポイントはどれくらい残っているの？」

「今あるのは22ポイントだよ。明日になれば32になると思う」

昼食会は大成功だったから幸福度も高いままのはずだ。明日には10ポイントの回復がのぞめるだろう。

「つまり、明日になればすべての施設が作れてしまうのね」

「いやいや、お金が足りないよ」

温泉のアップグレードには10万クラウンの経費が掛かるのだ。最初の施設は無料で作れるけど、レベル2以上となるとお金が必要になってくる場合がある。それも、アイランド・ツクールの仕様だった。

「まあ、道路やゲートならすぐにでも作れるけどね」

「道路に使う岩ならシャルにお任せください！」

言うが早いか、シャルはまた表へ駆けて行ってしまった。

「この分なら今日中に道路とゲートは作れそうね」

とにかくお金が必要だ。念願だった鶏とヤギを手に入れたら、こんどは温泉のために貯蓄をしないといけないな。

それはともかく、鶏とヤギが手に入ったら菜園の横に家畜小屋を作ろう。こちらは2ポイントでできる。ファミリー動物園ができるみたいで非常に楽しみだ。

ヤギは沿道の草を食べてきれいにしてくれるだろう。新鮮なミルクと卵が手に入ったらリンにプリンを焼いてもらおうかな。夢は膨らむばかりだった。

——Event 5　年越しのツリー——

年末が近づいてきた。ガンダルシア島にも冬が到来だ。とはいえ、この一帯は温暖な地域なので、雪が積もるようなことはない。

でも朝晩の冷え込みは日増しに強くなっている。シャルは平気そうだけど、僕は少しだけ辛い。我慢できなくはないけど、ちょっとだけ贅沢をしてストーブが欲しいというのが正直な気持ちだ。

ストーブは2ポイントを消費して交換できる魔力ストーブから、7ポイントを消費すれば取り付けが可能な豪華な暖炉までさまざまだ。

どんなのがいいだろうかとカタログページのような画面を見ていたら、外からファンファーレの音が響いてきた。

「父上、ポルックです。行ってみましょう！」

退屈していたシャルが駆け出す。僕もそのあとに続いて表に出た。

僕と同じで島の住民にもファンファーレの音が聞こえていたようだ。最初にシャルと僕が、続いてリンとノワルド先生、最後にルールーもやってきた。

ポルックは一同を見回して元気に挨拶した。

「やあやあ、いよいよ年の瀬だね。年の瀬と言えば大切なことを忘れていないかい？」

「父上、大切なことって何でしょう？　新年をフルーツケーキで祝うとか？」

「そんな風習はないよ、シャル」

誰かが答えを言う前にポルックは自分で切り出した。

「年越しと言えば、年越しのツリーだろう？」

たしかにそのとおりだ。クリスマスツリーや正月飾りのように、この世界にも年末年始の飾り付けがある。それが年越しのツリーだ。

人々はモミの木や枝を飾り付けて年末年始を祝うのである。ダンテスの屋敷でも大きな年越しのツリーを飾り付けたなあ。

僕もメアリーに手伝ってもらって、きれいなオーナメントを下げたものだ。

「というわけで、本日のイベントはこんな感じだよ！」

クエスト：年越しのツリーを色とりどりの魔光石で飾ろう。
報酬　：参加者全員に幸福のリース（年末年始限定だけど幸福度が必ず5％アップする）

飾るだけで幸福度が上がるリースだって？　僕にとっては必需品じゃないか！　それに、せっかくなら、きれいにツリーを飾り付けたい。島に来てくれるお客さんも喜ぶだろう。

ルールーがノワルド先生に質問している。

「先生、魔光石ってなんですかぁ？」

「魔光石とは、ほんの少し魔力をこめるだけで輝く石のことだよ。ただし照度は強くないし、あまり長持ちはしないものだね。だから一般に出回ることも少ないのだ。だが、年越しのツリーを飾るにはもってこいの鉱物かもしれんな」

「そうなんですねぇ。でもどこにあるのでしょうかぁ？」

「魔光石ならこの島の洞窟にある。セディーの許しさえあれば採りに行けるぞ」

「ぜひ行きましょう！」

「洞窟ならシャルに任せてほしいであります！」

洞窟レベルは上げていないし、シャルがいれば魔物も怖くはないだろう。僕らは全員で出かけることにした。

リンはちょっと怖がっていたけど、洞窟に美味しいダンジョンマッシュルームが生えていると知って俄然やる気を見せている。

「さあ、キノコ狩りに出発だよ！」

「キノコ狩りじゃなくて魔光石ね。もちろんダンジョンマッシュルームも摘むけどさ」

僕らはわいわいと連なって洞窟に入った。


先頭にはシャルとノワルド先生が立ち、魔光石がありそうな場所まで導いてくれた。

「うむ、見つけたぞ。ここが魔光石の鉱脈だ」

先生は壁を指し示したけど、それらしい石は見当たらない。

「先生、何もないようですが……」

「なーに、魔光石を探すのは簡単だよ。魔光石は少量の魔力でも反応するからね。見ていてごらん」

先生は壁に手を当てた。するとどうだろう、壁にある石の粒が赤や黄色、青や緑に光りだすではないか。

「きれいであります！」

シャルをはじめ、みんなは大興奮だ。前世で見たＬＥＤの電飾に似ていなくもないな。あれよりはもっと柔らかな光だけどね。

「光っている魔光石を拾って持ち帰るとしよう」

僕らはたっぷりと石を拾って帰った。

コテージの前にはポルックが用意したモミの木が据えられていた。高さは六メートルもあって大変立派だ。枝には透明のガラスでできた試験管のようなものが細い紐でぶら下がっている。

「なるほど、この試験管に魔光石を入れればいいんだね」

「そのとおり。脚立も用意したから協力して飾り付けをしてくれ」

僕たちは午後いっぱいを使って年越しのツリーに下げられた試験管に魔光石を詰めていった。

「これで最後であります！」

長い梯子を登り、いちばん高い場所の飾り付けをしていたシャルが手を振った。他の人たちは疲れていたけど、シャルは一人だけ元気である。小さな手を器用に使って、魔光石の粒を試験管に詰めている。

「できました！」

叫ぶと同時にシャルは地上へ飛び降りた。

「さあ父上、魔光石を光らせてください！」

「もうすぐ日が暮れるから、それまで待っていてね」

僕たちはのんびりと夕暮れの景色を楽しみ、夜の到来を待った。やがて太陽は西の彼方に沈み、一番星が輝きだす。

「セディー、そろそろいいんじゃない？」

ポルックが僕を促した。

魔光石は弱い魔力にも反応するので、モミの木の幹に魔力を流してやれば、きっと反応するだろう。魔力をおへその下あたりに集めてから、モミの木に向かって放出した。

「うわあっ！」

みんなが一斉に歓声を上げた。試験管の中の魔光石は七色に輝いてモミの木を照らしている。大きな粒と小さな粒で光の強弱が違うのもおもしろい。

僕らは幻想的な風景に心を奪われ、しばらく年越しのツリーに見とれた。

年越しのツリーはしばらくここに設置するから、島を訪れた人にもぜひ楽しんでもらいたい。ユージェニーやポール兄さんに手紙を書こうかな。素敵なツリーができました。ぜひ見に来てくださいって。

Chapter6
すてきなオーベルジュ

Tips

家畜を飼いたければ、
先に家畜小屋を
用意しましょう。
家畜の餌も忘れずに。

何日もの間、僕は精力的に働いた。毎日畑仕事をして、シャルが持ってきてくれた岩を材料に道を作り、洞窟に潜ってはお金になりそうな鉱石を拾い集めた。

星形の窪みを見つけるたびに穴だって掘りまくったよ。貴重なコインが出てくることもあれば、調味料の実を見つけることもあった。

調味料の実で圧倒的に多いのは胡椒の実だ。ガンダルシア島に本物の胡椒は生えていないのだけど、調味料の実は出てくる。現在所有している調味料の実はこんな感じだ。

胡椒の実×19
カレーの実×7
醤油の実×2
味醂の実×1

そう、僕はついに醤油の実を見つけたのだ！　粉末にして水で溶いたら、醤油そのものだったよ！

その醤油を使ってシャルとウニを食べもした。

「父上、これはうまうまであります！　もっとたくさん見つけましょう！」

と、大絶賛だった。

次はお米が欲しいけど、ダンテス領ではほとんど見かけないんだよね。菜園をグレードアップして水田を作ることもできるけど、そのためには畑レベルを4にしなければならない。当然ながらポイントと資金が必要だから当分は我慢だ。

朝食を食べ終わると僕は荷物をまとめた。

「さて、今日は久しぶりにルボンの街へ行くよ」

「街で美味しいものを買うのですか？」

シャルは甘いものが欲しいのだ。おやつを買ってもらえるのかとワクワク顔で僕を見上げている。

「今日は買い物じゃなくて販売だよ。サンバーノでいろいろなものを売ってお金を手に入れるんだ」

僕の手元には星形の窪みから掘り出した古いコイン、イチゴ石、胡椒爆弾などがそろっている。

胡椒爆弾というのはノワルド先生に教えてもらったマジックボムに、僕なりの改良を加えたものだ。

マジックボムは小さな爆弾で、殺傷能力はほとんどない。けれども、大きな音と閃光が出るので弱い魔物は爆発に驚いて逃げていくのだ。

販売価格は平均して500クラウンくらい。値段が安いので旅人が魔除けとして買うことが多い。

僕はこれに改良を加えて、成分に胡椒の実を追加した。そして竹の筒に入れて、花火のように撃ち出せるようにしたのだ。

洞窟内で試してみたけど、効果は上々だった。マジックボムでは逃げないような魔物でも、胡椒爆弾に視界を奪われ、くしゃみを連発していた。襲ってくる余裕はほとんどなかったようだ。

ノワルド先生もよく工夫したと褒めてくれた。ただ、風向きによってはこちらの目やのどまで痛くなってしまうので気をつけなければならない。特に洞窟は密閉空間なので、使用するときは注意が必要だ。

一発撃ったらすぐに撤退、これが原則になる。ヒットアンドアウェイを忠実にしなければならないのだ。

「失敗を恐れずになんにでも挑戦しなさい。至らない部分は改良する。それが無理なら違う方面からアプローチするのだ」

とはノワルド先生の激励の言葉だ。いずれはもっと役に立つアイテムにしていきたい。

胡椒爆弾の素材は洞窟や森で集めたので、お金はかかっていない。僕としては一つにつき300クラウンくらいで引き取ってもらえたらと考えている。

今回は三十個作ったから、全部で9000クラウンになればいいなあ、なんて捕らぬ狸の皮算用をしている。いちばん優しいビグマに相談してみることにしよう。

シャルと二人でルボンのサンババーノへやってきた。外は曇りだったけど、店内はさらに薄暗く、ランプの明かりに照らし出された魔女たちの顔が幻影のように揺れている。

「いらっしゃい……」

反射的に愛想のない声を出したスモマだったが、すぐに態度を改めた。

「これはシャルロット様、ようこそおいでくださいました」

声のトーンが一オクターブ上がっている。ビグマとミドマもすぐに立ち上がって、僕たちを迎え入れてくれた。

「どうぞおあがりください。すぐに薬草茶などをお淹れしますので」

ドラゴンを崇める魔女たちは小さなシャルにも頭が上がらないのだ。シャルの名付け親ということで、僕にも親切にしてくれる。

「シャル、薬草茶よりもハチミツ入りの牛乳がいいな」

「こら、わがまま言わないの」

僕はシャルをたしなめたのだけど、ビグマは奥に向かって叫んだ。

「黄龍様にハチミツ入りの牛乳をお持ちするのだ。急いで！」

挨拶などをして落ち着くと、僕は要件を切り出した。

「本日も買い取りをお願いします」

査定台の上に持参した商品を並べていく。

「ふむふむ、マボーン帝国の銀貨とイチゴ石、それからこれは……」

僕の作った胡椒爆弾をビグマは慎重に持ち上げた。

「それはマジックボムを改良して作った胡椒爆弾です」

「坊やがこれを作ったのかい？」

「作り方の基本は錬金術師のノワルド先生に教わりました。それに改良を加えたのがこれです」

ノワルド先生の名前を出すとミドマが目を見開いた。

「ちょっと待ちな、ノワルドというのは漂泊の錬金術師ノワルド・ウォーケンのことじゃないだろうね？」

「先生をご存じなのですか？」

「こいつは驚いた。まさか坊やの先生がノワルド・ウォーケンだなんて！」

ミドマは興奮で鼻息が荒くなっている。発作でも起こさないかと心配なほどだ。

「ミドマ、先生はどんな人なの？　教えてよ」

「知らないのかい？　やれやれ、漂泊の錬金術師を知らずに師事しているとは、本当におめでたい坊やだね」

「そんなこと言われてもなあ」

先生は錬金術や魔法薬について語るときはしつこいくらいに饒舌だけど、自分のことはほとんど話さないのだ。

「いいかい、ノワルド・ウォーケンはもともと宮廷錬金術師だったのさ」

「へー……」

僕の反応にミドマは不満げだった。

「随分と感動が薄いじゃないか」

「僕の実家は伯爵家だから、宮廷○○は珍しくないんだ。おじい様も宮廷補佐官だったから」

「ふん、特権階級がっ！」

「僕はそんなことないよ。屋敷を追い出されているもの」

ブッブツと文句を言いながらも、ミドマは先生について知っていることを教えてくれた。普段は攻撃的なしゃべり方をするミドマだけど、先生のことを語るときは、うっとりと、夢見がちにと言ってもいいくらいに柔らかな声音になっている。

ミドマは昔から先生のファンだったようだ。

「ノワルド・ウォーケンは天才さね。数々の研究成果を発表し、そのたびに錬金術師や魔法使いたちは度肝を抜かれたり、感心したりしたものだった。私もサインをもらおうと著書を持参して群がった乙女だったんだよ」

先生はモテたんだなあ。

ミドマの表情がふいに曇り、顔に刻まれたしわが深くなった気がした。

「だが、ある日を境にノワルドは宮廷を去ってしまうのさ」

「何があったの？」

「詳しいことはわかっていない。派閥争いが嫌になったとか、道ならぬ恋をしてしまったとか、当時はそんな噂が立ったものだがね……」

あの生真面目なノワルド先生が恋？　ちょっと想像できないなあ。

考えが顔に表れていたのだろう、ミドマの声はまたトゲを含んだ。

「坊やの先生だって生まれたときから爺さんをやっていたわけじゃないさ。誰にでも若い頃はあったんだよ。私だって昔は魔法少女三姉妹でいちばんの美貌と、もてはやされたもんさ」

すかさずビグマとスモマが横やりを入れる。

「馬鹿を言うな、あんたのことをもてはやすのは気持ちの悪いドMだけだろう？　一番人気は優しいお姉さまキャラの私さね！」

「ショタコンの変態が何を言う……。妹キャラの私が一番人気……」

「何が妹キャラだよっ！　地味好きにしかモテなかったくせに」

「そうだ、そうだ、ヤンデレ地雷魔女」

「なんだと……」

三ババたちは喧嘩を始めていたけど、僕の頭の中はノワルド先生の過去でいっぱいになってしまった。

いったい、先生に何があったというのだろう？　華やかな宮廷での生活を捨て、苦労の多い漂泊の旅に出るなんて……。

いや、宮廷での生活というのは気苦労の多いものだと、おじい様も言っていた。先生は日常のつまらないことが嫌になったのかな。それとも、ミドマが言ったように恋が関係しているのだろうか。だとしたら、お相手はどんな方なのだろう？

直接先生に聞いてみたい気がしたけど、それはやっぱりためらわれた。いつか、先生から教えてくれるかもしれない。可能性は低いかもしれないけど、今はそれに期待してみよう。

「あの、そろそろ買い取り値段を教えてもらえませんか？」

まだ喧嘩を続けている三ババに声をかけたけど、無視されてしまった。

「僕じゃどうにもならないな。シャル、三人を止めてくれないか？」

「お任せください、父上。スーッ……」

深く息を吸い込むと、シャルは店を揺るがすような大きな声を出した。

「喧嘩はやめるであります！！！」

それはもうドラゴンの咆哮そのものだった。振動で天井からパラパラとゴミが落ちてくるくらいすさまじい。

シャルの後ろにいた僕の耳も痛いくらいだから、真正面にいた三ババたちの衝撃は想像を超えるものだっただろう。三人は耳を押さえて床にうずくまっていた。

「シャルロット様、どうぞお許しを……」

三人はぶるぶると震えながら許しを請うている。

「シャル、怒ってないよ。でも、父上の話を聞いてほしいであります」

「もちろんでございますとも……」

うろたえながらもビグマは羽ペンを宙に放り投げた、自動筆記のペンは血よりも赤いインクを紙に滲ませていく。

マボーン帝国の銀貨　……　6000クラウン

イチゴ石（大）三〇個　……1万5000クラウン

胡椒爆弾　……？

合計　……？

あれ、胡椒爆弾に値段がついていないぞ。

「どういうこと？」

「胡椒爆弾とやらは初めてだからね、まずは有用性を確かめないと値段がつけられないのさ」

ビグマの言うことは正しい。

「わかった。サンプルを一つ置いていくから、買い取り価格は次回に教えてね」

とりあえず、銀貨とイチゴ石だけ換金して、僕らはサンババーノを後にした。


胡椒爆弾が売れなかったのは残念だったけど、今日の取引で手持ちの現金は5万2千クラウンになっている。これだけあればポール兄さんからヤギと鶏を買うことができるぞ。

僕とシャルは街の門を出て、街道を島へ向けてのんびり歩いた。

「これでようやく家畜が飼えるなあ」

「父上、嬉しそうでありますね」

「そりゃあそうだよ。ヤギからは乳が、鶏からは卵がとれるもん」

「ほうほう、卵焼きですか」

僕はシャルに向けてニヤッと笑ってみせた。

「それだけじゃないよ。乳と卵があればプリンやカスタードクリームだって作れるんだから」

「それは何でしょうか？」

「甘いお菓子だよ。プリンはつるんとしていて、口当たりがなめらかなんだ。カスタードクリームはイチゴやバナナといっしょにクレープで食べてもいいなあ」

「お菓子！」

シャルは鼻を大きく膨らませて飛びついてきた。

「父上、早く伯父上のところへまいりましょう。一刻も早くであります！」

「あはは、慌てないの。まずは兄さんに手紙を書かなきゃ……あれ？」

道の先で一人の旅人らしき人がうずくまり何かをしていた。

「父上、前方に不審者であります！」

「こらこら、そんなことを言ってはいけません」

だけど、シャルの気持ちはわからないでもない。地面に膝をついている男は長剣を背負い、横顔に大きな傷跡があった。

傷は鼻から頬にかけてざっくりと横切っている。よく見ればそれだけではない。無数の傷が手や首、いろいろなところについているようだった。

見れば見るほど独特の雰囲気を持つ人だ。まるで孤高の狼のようなオーラを発している。近づいてはならないタイプの人種かもしれないけど、道は一本道だ。わざわざルボンに引き返すのもばからしい。僕は緊張しながら、シャルはいつもどおりに歩いていった。

「父上、あの人は鳥を捕まえていますね。きっと焼き鳥にするのでしょう」

男の人が膝をついているところには網の罠が張られていて、カラスが一羽かかっていた。その人は絡まった網をカラスの足から外しているところだった。

「よお」

僕らが近くまで来ると、男の人は人懐っこい笑顔であいさつしてきた。その目は澄んでいて悪人には見えない。

「こんにちは。カラスですか？」

「ああ、山鳩を獲る罠にかかっちまったようだ。まあ、こいつは食っても美味くはねえからな……」

男の人はカラスを罠から解放すると、そのまま空に向かって放してやった。カラスは振り返ることもなくどんよりとした空へ羽ばたいていく。

「雨が降ってきそうだ。俺もさっさと行くとするか……」

男の人はかたわらに置いてあった杖を持ち上げ、ほんの少しだけ足を引きずるようにして歩き出した。

雨が降りそうだというのに、わざわざ立ち止まってカラスを助けてやるのだから、悪い人ではないのだろう。

方向は僕らと同じなので、自然と一緒に歩く形になってしまった。

「坊主たちはこの近所の子かい？」

「うん、僕はセディー、こっちはシャル。あの島に住んでいるんだ」

「ふーん……、俺はウーパーだ」

僕の服装から貴族であることはすぐにわかるだろう。だけど、ウーパーはあれこれと詮索してくるようなことはない。ただのんびりと、やや足をかばいながら歩くだけだ。

「ウーパー、足が悪いの？」

「昔の傷だが、たまに痛むんだ。特にこんな天気の日はな」

雲はどんどん厚くなっていて、雨粒が落ちてくるのは時間の問題のようだった。このまま街道を進んでも街はしばらくない。ウーパーはどこまで行くつもりなのだろう？

「よかったらガンダルシア島に寄っていく？　あそこには傷によく効く温泉があるんだ」

「温泉ねえ……」

ウーパーは気乗りのしない声を出した。どうやら温泉の効能を信じていない様子だ。

だけどアイランド・ツクールの世界で、温泉はケガや病気を治すのには欠かせない施設だった。早めに温泉を作らないと、感染症などにかかってゲームオーバーになってしまうことも少なくなかったくらいだ。

きっとこの世界でもかなりの効能を秘めていると思う。

「本当によく効く温泉だよ。どうせ雨になりそうなんだから寄っていけばいいのに」

ウーバーはいよいよ雲が厚くなってきた空を見上げた。

「そうだなあ……、傷がうずいて仕方がないから、少しだけ世話になるか」

「それがいいよ。島には美味しいと評判の食堂もあるんだ」

「へえ、そいつはいいいな」

ポツリと雨粒が僕の頬にかかった。頭に水滴が落ちたらしく、シャルも天空を見上げている。

「急いだほうがいいかもね」

僕らは少しだけ早足になって、島にかかる架け橋を渡った。


裸になったウーパーの体は傷だらけだった。

「ほぉ、こいつはいいいや！」

僕たちは一緒に温泉までやってきたのだが、温泉を見るとウーパーは即座に服を脱ぎだした。

体は筋肉質で無数の傷が走っている。まさに歴戦の戦士といった感じだった。ただ、どれも古い傷で、新しいものは一つもない。

「入る前にかけ湯をするであります！」

シャルが偉そうに教えるとウーパーは笑いながら親指を立てた。

「了解だ、お嬢ちゃん。これでいいかい？」

僕とシャルも一緒に入ることにした。

「あ〜、染みやがるぜ……。なるほど、こいつはいい湯だな」

「湯治は一か月くらいかけた方が効果が高いよ。時間があるのなら、しばらく逗留していったらどう？」

「そうだなあ……。どうせ行く当てもない流浪の身だ。ここで膝を治すというのも悪くない。だが、あいにくと持ち合わせが少なくてな……」

「そんなことは気にしなくてもいいよ」

問題は住む場所だけど、架け橋のゲートを作れば守衛部屋がついてくるはずだ。手狭だけどそこを使ってもらえばいいだろう。

それにウーパーがこの島の住人になる運命の人なら、ステータスボードに何らかの変化があるはずだ。スキルポイントは42ある。どんな施設でも対応できるだろう。

温泉でさっぱりした僕らはリンの食堂へやってきた。時刻はお昼時を過ぎていたので、僕らの他にお客さんはいない。

だけど、しょっちゅう閑古鳥が鳴いているというわけじゃないよ。最近では少しずつ噂が広まって、漁師さんや街道を使う行商人たちが利用しているのだ。

「あら、お客さんかい？」

リンはウーパーに視線を向けた。ウーパーは長身の大男だからリンは見上げるようになっている。

「こちらは島に遊びに来たウーパーさん。今日は何ができる？」

「今日の日替わりランチはブイヤベースだよ。パンと具だくさんのサラダ付きね」

「へぇ、いい匂いがしているな。じゃあ、そいつをもらおうか。セディーとシャルの分も頼む。金は俺が出すから」

持ち合わせが少ないと言っていたにもかかわらず、ウーパーは僕たちの分まで出してくれようとしている。

「そんな、悪いよ」

「子どもは遠慮なんてしなくていいんだ。いいから一緒に食べてくれ」

ウーパーは財布から銀貨を出してテーブルの隅に置いた。

「こいつで足りるかい？」

スプーンを置きに来たリンは銀貨を見て笑う。

「あら、セディーとシャルの分のお金はいらないのよ。セディーはこのレストランのオーナーであり、島の領主なんだから」

「島の領主？」

「ここは僕が父上から受け継いだ無人島だったんだ」

ランチのブイヤベースを食べながら、僕はこれまでのことをウーパーに話して聞かせた。

「そういったわけで、ルールーやノワルド先生、リンと一緒にこの島に住んでいるんだよ」

「シャルもであります！」

ウーパーはガツガツとブイヤベースを平らげながらうんうんとうなずいていた。

「なるほど、セディーも苦労しているんだな」

「そんなことないよ、みんな僕によくしてくれるから」

ブイヤベースを一滴残らず飲み干したウーパーはサラダの残りをかきこんでいる。ハムの切り身をわきに残しているところをみると、好物は最後に取っておく性格のようだ。

「ごちそうさん！　美味かったぜ。久しぶりに満足したよ」

ウーパーは満足そうにため息をついた。

「それで、どうする？　ウーパーさえよかったらここで湯治をしていってよ」

「こんな天気なのに古傷がちっとも痛まない。きっとあの温泉に入ったおかげだろう」

外は土砂降りになっていた。

「だが、さっきも言ったようにあいにくと俺は金に縁がないんだ」

ウーパーがそう言った瞬間、僕の目の前でステータスボードが展開した。

宿屋の作製が可能になりました！
条件：傷ついた戦士との出会い。
必要ポイント：7

ウーパーとの出会いによって解放されたのは宿屋だった。てっきり、門番や守衛さんだと思っていたのだけど見当違いだったようだ。

宿屋はプチホテル　→　ホテル　といった具合にグレードアップできるようだけど、ウーパーが支配人になってくれるのかなあ？

しきりに首をかしげている僕を、みんなが注目しだした。

「父上、どうしたのですか？」

「また、新しい建物を作れるようになったんだ。これも、ウーパーに出会ったおかげだね」

リンも興味を示している。

「今度は何が作れるの？」

「宿屋だよ。場所はこのすぐ隣……、って、食堂と宿屋を合体させて、オーベルジュにすることもできるのか……」

オーベルジュとは宿泊施設つきのレストランのことだ。こちらを作る場合は必要ポイントが7から12に増えてしまう。ただ、設備としてはそちらの方が豪華なので、別々に作るよりはお得感があった。

「オーベルジュとは面白そうだね。その場合、食堂もグレードアップされるのかな？」

「うん、いろいろとできるみたい。地下にワインセラーも設置できるよ」

「それはいいね！」

盛り上がっている僕とリンを見て、ウーパーは困ったように頭をかいた。

「話は聞いていたんだが、さっぱり飲み込めない。俺のせいで建物が作れるっていうのはどういうことだい？」

「実は僕には特殊な能力があるんだ」

僕は自分の特性とガンダルシア島について説明した。

「それじゃあなにかい？　いまからこの食堂がレストラン付きの宿屋になるっていうのかい？　そんな魔法があるなんて聞いたこともねえが……」

ウーパーは信じられないといった顔で僕を見つめている。

「百聞は一見に如かず、だね。すぐに作ってしまうからみんな表へ出てよ」

勢い良く降っていた雨はほとんど上がり、空は明るくなっていた。オーベルジュの建設には一分もかからない。これならみんなが濡れ鼠になることもないだろう。

けっして豪華ではないが、居心地のよさそうなオーベルジュが完成した。建物は簡素な二階建て。正面のドアを開けるとそこは小さなロビーになっている。受付カウンターはすぐ左だ。ロビーの右側にはレストランの入り口があり、奥にはゲストルームと二階に続く階段があった。ゲストルームは全部で五部屋あるようだ。

ペパーミントグリーンの壁紙が僕の記憶を揺さぶり、オールドアメリカンという単語を思い出させた。

「こいつはすげえ……、魔法による幻影じゃないんだよな」

ウーパーは目をこすりながら確認してくる。

「この島の施設はみんなこうやって作ったんだ。さっき入った温泉だってそうだよ。どれもちゃんと本物だから安心して」

「たいしたもんだ……」

ウーパーは一枚板のカウンターをそっとなでながら感心している。

「ねえ、ウーパー。こうして宿屋もできたことだし、治療のためにもしばらくこの島にいたらどう？　お金ならいいからさ」

「いや、そういうわけにはいかないだろう。払うものはきちんと払わねえとな」

ウーパーは僕が思っていたより、ずっと生真面目な性格のようだ。無料で湯治をするなんて厚かましいことだと考えているのかもしれない。

「だったら、ここでアルバイトをしたらどうかな？」

「アルバイトだと。俺にできることなんかあるか？」

「ここで、宿屋の支配人をやってもらえると助かるんだけど」

カウンターの向こうには支配人室もあり、一人で住むにはじゅうぶんなスペースが確保されている。

「この俺が宿屋の支配人だって……？　くっ、くくく……」

あれ、ウーパーが笑い出してしまったぞ。

「いやだった？　無理にお願いしているわけじゃないけど……」

「すまん、そうじゃないんだ。ただ、俺はこれまでいろんなところで、いろんな頼みごとをされてきたんだ。だが、宿屋の支配人をやってくれなんて言われたのは初めてだ。俺が宿屋の支配人ねえ……くくく……」

そう呟きながらも、ウーパーは愉快そうに笑っている。

「ダメかな？」

「言っておくが、俺は見てくれどおり戦うことしか知らない人間だ。そんな俺に支配人が務まるかい？」

どうなんだろう？

「とりあえず、お客さんを迎えてもらって、掃除とか洗濯、会計をしてもらえればそれでいいんだけど」

「ふーむ、それくらいなら何とかなるか……」

「だったらお願いね！」

「人生ってのはわからないものだな。戦場の死神と呼ばれたこの俺が、宿屋の支配人を任されるとはな！」

戦場の死神！　ウーパーにはそんなあだ名があるの？　支配人じゃなくて死配人になったりしないよね!?

「まだ宣伝もしてないし、とうぶんお客さんは来ないと思うから、温泉でのんびり治療をしてね。そうそう、忙しいときはリンの食堂を手伝ってあげてよ」

そうお願いするとウーパーは嬉しそうだった。

「おう、任せといてくれ。よろしくな、総料理長！」

「こちらこそ、よろしくね。支配人！」

こんな小さなオーベルジュなのに、二人は高級ホテルの役職みたいに呼び合っていた。

玉ネギ、トマト、ニンニクが収穫できたのでオーベルジュへ持って行った。正午にはまだ時間があったけど店はもう開いていて、料理のいい匂いがしている。店の前には小さな看板がかかっていた。

本日のランチ
ヒラメのグラタン
クルミパン
野菜のグリル盛り合わせ
洋ナシのタルト
紅茶

僕が入っていくと、テーブルにはすでにお客さんが三人いて、リンの料理に舌鼓を打っていた。

「こんな美味い料理はベルッカの港でも食べられないぜ」

「まったくだ。ちょっと早いが、ここで昼飯を済ませて正解だったな」

ベルッカはダンテス領の中心地であり、アレクセイ兄さんのお膝元でもある。ベルッカのレストランより美味しいなんて言われると、アレクセイ兄さんに勝ったみたいでちょっとだけ嬉しかった。

「リン、野菜を持ってきたよ」

声をかけると厨房からリンが顔をのぞかせた。

「ありがとう。セディーの作る野菜はとんでもなく美味しいから助かるよ」

ガンダルシアでは海産物だけでなく、農産物だって他とは比べ物にならない良い出来になる。サラダにしてよし、スープにしてよし、とにかく美味しいのだ。

また、お客さんたちの声が聞こえてきた。

「このサラダも美味いよな」

「まったくだ。ドレッシングもいいんだが、野菜の味そのものが他とは違うんだよ」

お客さん、わかってるねっ！

これぞ生産者の本懐！　みんなが喜んで食べてくれるって嬉しいな。

さっそく菜園の空いた場所に新しい種をまくとしよう。次はジャガイモにしようかな、それとも枝豆？

不思議の島では季節を問わず、いつでも、なんでも農業生産が可能だ。これも、ゲーム世界のいいところであり、他所では真似のできないとんでもチートである。

どんな王侯貴族だって真冬にサラダは食べられない。だけど、ガンダルシア島ではそれも可能なのだ。

お客さんに野菜を褒められて、僕の幸福度は95%にまで上昇していた。

◆

オーベルジュの玄関では支配人服に着替えたウーパーが箒で掃き掃除をしていた。黒いスラックス、ネクタイをつけた白いシャツ、えんじ色のベストがよく似合っている。

うん、まさに死配人！　迫力がありすぎるよ。でもあれで、心の隙間にスッと入ってくるような笑顔も持っているんだよね。

「よう、セディー。リンに野菜を届けに来たのかい？」

「うんそうなんだ。お客さんも喜んで食べてたよ」

「セディーの作る野菜は特別だからな。さてと、ここの掃除が終わったら一緒にお茶でも飲まねえか？」

「ごめん、今日はノワルド先生と洞窟へ調査に行くんだ。もう出かける準備をしないと」

「洞窟に調査だとぉ？」

ウーパーの目が鋭くなり、眉間には深いしわが寄った。だけど、これは怒っているわけではない。

「大丈夫なのか？　よし、俺も一緒に行くとしよう」

後でわかったことだけど、ウーパーはとてつもなく心配性だったのである。しかも、僕や島の住民に対して、かなりの過保護でもあった。

僕が何かしようとすると、何かにつけて、ついて来ようとするのだ。

どちらかといえば放任主義の家庭に育ったから、ウーパーの優しさは新鮮だった。父上も兄さんたちも、僕のことなんか気にも留めなかったもん。母上が生きていれば別だったかもしれないけど……。

「先生とシャルも一緒だから心配はないって。僕だって火炎魔法が使えるんだからね」

「でもよお……」

「お昼過ぎには帰ってくるから、三人分のランチをリンにお願いしておいて。みんなで一緒に食べようよ」

なおも心配するウーパーを置いて、僕は先生の家に向かった。

洞窟の入り口には重厚な扉がついていて、いつもはカギがかかっている。おかげで中の魔物が外に出てくることはない。

また、よそ者が勝手に洞窟に入ることもできないようになっている。カギの一本は僕が、もう一本はノワルド先生が持っていた。

僕、シャル、先生の三人は慎重に洞窟を進んだ。

「ふむ、また洞窟内の地形が変わっているな。これはいったいどうなっているのだ……」

「不思議ですよねぇ……」

ノワルド先生はしきりに考え込んでいる。アイランド・ツクールでは、入るたびに洞窟の地形が自動生成され、毎回違った探索が楽しめるシステムが採用されているのだ。

ローグライクなゲームなんですよ、とも言えず、僕は適当に相槌を打っていた。

「見たまえ、セディー。グラノイドがあるぞ」

「グラノイド？」

先生は壁の一角を調べている。ランタンの光を向けると、そこだけ紫色の砂を含んでいた。

「これはなんでしょうか？」

「勉強不足だぞ。基礎鉱物図鑑の表をもう少しよく読みたまえ。グラノイドは魔道具作りには欠かせない物質なのだ」

「そんなに大切な物質なのですか？」

先生は僕を見てにやりと笑った。

「グラノイドがあればエレメンタルジャックが開発可能になるのだよ」

「エレメンタルジャックって、物質に複数の魔法属性を持たせることができる魔導回路ですよね！」

僕はがぜん興奮してきた。

たとえば、マジックソードを想像してみてほしい。フレイムソードは攻撃時に火炎属性の攻撃を追加できるし、アイスダガーも同様に氷冷属性の追加ダメージを与えることができる。

このように、魔法付与が追加された武器は強力なのだが、その属性は一般的に固定されているものがほとんどだ。

ところが、エレメンタルジャックがあれば複数の属性を切り替えて使うことが可能になるのだ。

「エレメンタルジャックは非常に便利なアイテムだが、市場の流通量は少ない。なぜだかわかるかね？」

「……ひょっとして、グラノイドの産出量が少ないから？」

「そのとおりだ。セディー、これはチャンスかもしれないぞ」

「チャンスというと？」

「グラノイドを採取し、エレメンタルジャックを売れば、島の開発はおおいに進むだろう。ルールーには新しい船、リンにはもっと使いやすい厨房を用意してやりたいと言っていたではないか。それに、温泉に仕切りができれば、私もウーパーも時間を気にせず長湯ができるというものだ」

先生の言いように吹き出してしまった。最初にルールーの裸を見てしまったから、先生はずっと用心深くお風呂に行くんだよね。すごく肩身が狭そうなのだ。

「エレメンタルジャックが高値で売れたら、すぐにでも温泉を改修しましょう。壁はもちろん、脱衣所も作りますからね！」

「そうしてもらえればおおいに助かるよ。それでは、グラノイドの採集方法を教えておこう」

資金ができればやりたいことはたくさんある。先生の錬金小屋だって、錬金工房にグレードアップできるのだ。そうすれば先生の研究や僕の勉強だってはかどるに違いない。

「錬金術はおもしろいですね。僕、もっと勉強したいです」

「向学心を持つのはよいことだ。セディーが望むのなら、私の知識くらい惜しみなく授けよう」

いつもはいかめしい顔つきが多い先生だけど、ランタンの明かりに照らし出された笑顔は優しかった。

午前中は先生と洞窟を探索したので、まとまった量の素材が手に入った。リンには砂糖を買ってきてほしいとも頼まれている。サンババーノに預けてある胡椒爆弾のサンプルのことも気になるので、ルボンへ行くことにした。

「シャル、サンババーノに行くけど……」

シャルはベッドでお昼寝の最中だった。いつもお菓子で接待されるので、シャルはサンババーノに行くのが大好きだ。

だけど今はすっかり眠りこけている。洞窟探索で張り切っていたので疲れてしまったのだろう。

「いってきます」

あどけない顔で寝ているシャルを起こすのも忍びなくて、僕は一人でルボンへ向かった。


薄暗い部屋の中で、三人の魔女はいつもどおり一列に並んで座っていた。ただ、普段はいちばん無愛想なミドマが、僕の姿を認めたとたんに立ち上がった。

「セディー、胡椒爆弾を売っておくれっ！」

いきなり、飛びついてくるなんてどうしたの!?　というか、そんなに素早く動けるんだ！

「胡椒爆弾、買ってくれるんですか？」

「ああ、言い値で買ってやるから在庫を全部お寄越し！」

僕の荷物を奪わんばかりに近寄ってくるミドマを見て、今度はビグマが声を荒らげた。

「ミドマ、坊やから離れるんだよ！　坊や、ミドマに胡椒爆弾を渡したらダメだからね！」

いったい何があったというのだろう？　説明を求めていちばん冷静なスモマを見ると、肩をすくめて状況を教えてくれた。

「セディーの置いていったサンプルをビグマ姉者が試したのさ。ミドマ姉者に向けてね」

二人は夕飯のおかずのことで喧嘩をしていたらしい。悪態をつかれてカッとなったビグマが手元にあった胡椒爆弾をミドマに向けて発射してしまったのだ。

「夕飯のおかずくらいで喧嘩って……」

「年甲斐もなく、とでも言いたいのかい？　それだけ私が若いってことさね！」

ミドマは怒りに目を燃やしながら吠えたてた。胡椒爆弾の威力はすさまじく、ミドマは涙と鼻水が止まらなくなってしまったそうだ。

「胡椒のせいでのどが痛くて、詠唱もできないのさ。おかげで回復魔法すらかけられなかったんだよっ！」

なるほど、詠唱すら阻害するというのは嬉しい想定外だ。山賊や魔法を使う魔物にも有効だろう。

「とにかくこのままじゃ私の気が収まらないんだよ。ビグマ姉者にも胡椒爆弾を味わわせてやらないとねっ！」

「ふん、坊やがお前に胡椒爆弾を売るもんか！　坊やの発明品はすごい効き目だったよ。さあ、坊や。アイテムはぜんぶ私に売っておくれ。いつものように高額で買い取ってあげるからね」

二人と駆け引きすれば、値段はいくらでも吊り上げられそうだ。だけど、こんなことで大儲けをしても、死の商人みたいで嫌すぎる。

「ごめん、今日はもう帰るよ！」

無駄足になってしまったけど、僕は逃げるようにサンババーノを飛び出した。

リンに頼まれた砂糖を仕入れて、僕は家路についた。そういえば、先日見つけた果樹はどうなっただろう？

島を探検した折、栗やリンゴ、洋ナシの木を見つけたのだ。

リンゴや洋ナシはそのまま食べても美味しかったけど、リンが作ってくれたコンポートは最高だった。

なんかね、高級な缶詰みたいな味がするんだ。缶詰っていってもこの世界の人にはわからないだろうけどね。瓶詰さえ売っていないんだもん。

砂糖を買って帰ったら、リンが栗を使ってマロンシャンティというお菓子を作ってくれるそうだ。栗のペーストと生クリームを使ったお菓子なんだって。きっとシャルが大喜びするだろうな。僕も楽しみで仕方がない。

アイランド・ツクールでは、果樹は三日で実をつけていた。きっとガンダルシア島も同じだろう。先日収穫したばかりだけど、ひょっとしたらもう生《な》っているかもしれない。

うきうきした気分で架け橋まで帰ってきたら、橋の上で海を見下ろしている女の人がいた。近くにいる馬はこのお姉さんが乗ってきたものだろう。何やら深刻な顔をしているけどなにかあったのかな……？

「お父さん、お母さん、ごめんなさい……」

まさか自殺!?

「お姉さん、早まったらダメだよ！」

僕は慌てて駆け寄って、お姉さんを後ろから抱き留めた。

「きゃっ！　え、なに？　どうしたの？」

「僕が相談に乗るから、死のうなんて考えないで！」

「はい？　死ぬってどういうこと？」

「あれ……？」

お姉さんは死のうとなんてしていなかった。どうやら僕の早とちりだったようだ。

「紛らわしい真似をしてごめんなさいね」

「海を見ながらご両親に謝っていたから、僕はてっきり自殺しようとしていると思ったんだ」

「死ぬ気なんてないわ。ただ、商売がうまくいかなくてね……」

お姉さんの名前はエマ・ロンド。年老いたお父さんから商売を引き継いだのだけど、うまくいっていないとのことだった。

「やることなすこと裏目に出て、すっかり疲れちゃったのよ」

精神的に追い詰められているのだろうか、たまにこめかみのあたりがピクピクとひきつっている。医療のことはよくわからないけど、これはただ事じゃないはずだ。

「エマさん、よかったら温泉に入っていかない？」

「温泉って、温かいお湯のことよね」

「ガンダルシア島にはいい温泉があるんだ。とてもリラックスできるんだよ。それに、美味しい料理を出すオーベルジュもあるんだ。今日ならマロンシャンティっていう美味しいスイーツだって食べられるんだから」

そう教えてあげるとエマさんは少し驚いていた。

「商用でルボンにはよく来るけど、そんな話は初めて聞いたわ」

「最近できたんだよ。きっと気に入ると思うから、ぜひ寄って行って」

僕としては一人でも多くの人にガンダルシア島を楽しんでもらいたいのだ。

「そうね、一度リフレッシュしたいと思っていたんだ。せっかくだから行ってみようかしら」

「それじゃあ、ガンダルシア島にご案内するね」

僕らは馬の手綱を引いて、長い架け橋を渡った。

まずはエマさんをオーベルジュに案内した。荷物を置いて身軽になってもらわないとね。

「ウーパー、お客さんだよ！」

エマさんを連れて行くと、ウーパーは背筋を伸ばして優雅にお辞儀をした。

「いらっしゃいませ」

なんだかカッコいい……。もともと精悍な人だから所作に隙がないって感じなんだよね。エマさんもちょっとだけポーッと見とれているぞ。

「201号室にご案内して。あの部屋の景色がいちばんだから」

201号室は、ポイントを消費して家具もいいものを入れてあるのだ。ここではスイートルーム扱いである。

「承知いたしました。お客様、お荷物をこちらへ」

ウーパーはしっかりと支配人の役をこなしてくれている。

「エマさん、少し休んでいてね。支度ができたら温泉に案内するよ。飲み物が欲しかったら食堂へどうぞ。お部屋にお持ちすることもできるからね」

ウーパーに後を任せて、僕は温泉まで走った。エマさんに温泉を使ってもらう前に施設をグレードアップしたかったのだ。

現在あるのは壁すらないただの露天風呂である。さすがにこれではエマさんも入るのに気後れしてしまうだろう。使ってもらう前にきちんとした温泉施設に建て替えなくては。

作製可能なもの：小さな温泉施設
説明：源泉かけ流しの温泉。男女別のお風呂がある。脱衣所付き。
必要ポイント：20
必要経費：10万クラウン

保有ポイントは42もあるし、お金もギリギリ10万200クラウンある。ここで使ってしまうとポール兄さんからヤギと鶏が買えなくなってしまうけど、今はエマさんを癒してあげたかった。

「よーし、チャッチャとやっちゃいますか！」

新しい温泉はすぐに完成した。明るい茶色の塗料を塗った木造平屋建てで、入るとすぐに男女別の入り口になっている。

入り口には赤と青の暖簾がかけられ、それぞれに『女』と『男』の漢字が筆書きされていた。この国の言葉も小さく併記されている。

久しぶりに見る漢字に僕はどこか懐かしい気持ちになってしまった。やっぱりここはアイランド・ツクールの世界なんだなあ……。

暖簾の向こう側は脱衣所になっていて、モザイクタイルで装飾した小さな内湯と洗い場、外には露天風呂も備えていた。

「これ……富士山だ……」

壁のモザイクは、銭湯では定番の富士山の絵になっていた。時空を超えてよみがえる情景が、前世で日本人だった僕の心の琴線に触れる。懐かしさで涙が込み上げてきた。

1ポイントを消費すれば、壁の絵はいろいろと変えることもできた。種類はぜんぶで三十二種類もある。

「お、自分で製作することも可能なんだ！」

ステータス画面の専用ページで、ドット絵みたいに作っていくこともできるようになっている。

そういえば、アイランド・ツクールにも同じような機能があった気がするな。

とりあえず富士山のままでいいけど、今後は季節ごとに取り換えるというのもおもしろそうだ。

備品は脱衣かごくらいだけど、ポイント消費で扇風機や自動販売機も置けるぞ。コーヒー牛乳の自動販売機があるから、ぜひ置いてみたい。価格は１５０クラウンか。

カフェオレはこの世界にもあるけど、フルーツ牛乳はどこにもないからね。リンがいくら天才料理人でもあれは作り出せないと思う。

本当はこまごまと改良したかったけど、エマさんを待たせすぎるのはよくない。とりあえず扇風機だけを女風呂に設置して、僕はオーベルジュに取って返した。


オーベルジュに戻ると、エマさんは食堂のカウンター席で紅茶を飲んでいるところだった。

「エマさん、お待たせしました。温泉の準備が整いましたのでどうぞ」

「ありがとう。ここはいいところね。田舎の別荘に来たみたいに落ち着くわ。部屋もかわいくて気に入っちゃった」

「それはよかったです。のんびりしていってくださいね」

「ところで、案内されたお部屋がとてもいい匂いだったんだけど、あれは何？」

「ああ、あれは僕の手作りアロマです」


ノワルド先生に教えてもらった魔法薬をベースに、僕なりの改良を加えたアロマスティックだ。前世でホテルに泊まったとき、似たようなものを見た気がするんだよね。

島に咲いていたラベンダーからとったオイルを配合してある。リラックス効果が高く、体内の魔力循環もスムーズにしてくれるのだ。

この世界でも香油やポプリ、香水などは日常的に使用されている。しかし、リードディフューザーを使ったアロマは見たことがない。


香りもきつくないし、物珍しいこともあってエマさんは気に入ってくれたようだ。

「あれを売ってもらうことはできないかしら？　とても気に入ってしまったの」

「いいですよ。ちょうど二瓶ほど余分があります」

「まあ、できたら二つともいただける？　お代は払うから」

「お金は別にいいですよ」

「だめ、いい商品にはきちんとした対価を支払うべきだわ。商人としては当然の礼儀よ」

エマさんはアロマの代金にと５０００クラウンの銀貨をくれた。

「こんなに？」

「それくらいの価値はあるわ。ひょっとしたらもっと高値で売れるかもしれないわよ。需要次第だけど」

街でも人気の香水ってけっこうするんだよね。この世界でも発売日に並んでまで買う貴婦人がいっぱいいるのだ。そういう香水は一本につき3万クラウンを超えるものもたくさんある。

「このアロマもかわいい瓶に詰めて売れば商品価値がもっと上がるんじゃないかしら」

今は普通のガラス瓶だもんな。でも、これはいいことを聞いたぞ。魔法効果のある香水を開発すればいい商売になるかもしれない。後でノワルド先生に相談してみよう。

「それではこちらへどうぞ」

僕はエマさんをできたばかりの温泉へ案内した。

エマさんを温泉まで送ってから、僕はまた大急ぎでオーベルジュに戻ってきた。いい加減に走り疲れたよ。ヤギや鶏もいいけど、馬も欲しくなってきたな。

そういえば、アイランド・ツクールでもロバや馬が移動手段に使われていたな。それだけじゃない、開発が進むと島に小型列車を引けた気がするんだけど、あれはどうなったのだろう？

僕や島のレベルが上がれば設置できるのかな？

セディー・ダンテス：レベル4
保有ポイント：22
幸福度：97％
島レベル：2

僕のレベルは4まで上がっているけど、島レベルはまだ2のままだ。もう少し頑張らないといけないな。


「ただいま！」

扉を開けると、リンとウーパーが待ち構えていた。

「どうだった、お客さんは？」

「部屋も温泉も気に入ってくれたみたいだよ」

「俺のことを怖がっていなかったか？」

ウーパーは心配そうに尋ねてくる。

「大丈夫だよ。むしろ見とれていたくらいなんだから。支配人として立派にやっているよ」

「そうか。だったらよかったぜ！」

初めての宿泊客ということでウーパーも緊張していたようだ。

「それで、ちゃんと食の好みは聞き出してきたかい？」

リンが訊いてきた。

「好き嫌いはないってさ。肉も魚も好きだって。特にカニは大好きって言ってたよ。それと甘いものもね」

今夜のディナーのメニューを決めるため、エマさんの好みを聞き出すようにと、リンから厳命されていたのだ。

「カニが好きならルールーが持ってきてくれたワタリガニが使えるね。あれをクリームコロッケにしようかな」

「だったら、このまえ作ったソース・アメリケーヌを合わせようよ」

「いいねえ！　それならバッチリ合うと思うよ」

ソース・アメリケーヌは読んで字のごとくアメリカ風のソースだ。ロブスターの殻と野菜を炒めて取る出汁は濃厚で、強いコクが特徴である。色も独特でオレンジ色だ。

前世では超大国だったが、リンはアメリカなんて国はとうぜん知らない。ソースの作り方を教えたのはもちろん僕だ。

といっても詳しいレシピまでは覚えていない。ロブスターと野菜を炒めて出汁を取り、そこにスズキなどの魚のアラで取った出汁を加えて、煮詰め、生クリームで伸ばしたもの、という概要を伝えただけである。

でも、さすがは天才料理人だね。それだけで、リンはきっちりとソース・アメリケーヌを再現していた。

「メインディッシュはそれでいいとして、デザートはどうしよう。やっぱり季節のものを使いたいな」

「そうそう、頼まれていた砂糖を買ってきたよ」

「じゃあ、予定通りマロンシャンティを作るわね」

ここで、ウーパーが意見を言う。

「やっぱり酒があった方がいいんじゃないか？　ワインくらいあった方が格好がつくと思うんだが。せっかくの地下室が泣いているぜ」

それは正論だ。

「とりあえず赤と白のワインを何本か買ってくるぜ」

飛び出そうとするウーパーをリンが引き留めた。

「だったらブランデーも買ってきて。マロングラッセに使うから」

「任せておけ。俺がひとっ走り行ってルボンで買ってきてやるよ。こう見えて、酒にはうるさいんだ。安くてうまいのを見繕ってきてやる」

「膝は大丈夫？」

「温泉のおかげでちっとも痛くねえよ！」

リンが仕入れ用のお金を渡すと、ウーパーはすぐに駆け出した。

本日のメニュー

前菜：焼きナスとオリーブのカナッペ
主菜：カニクリームコロッケ　ソース・アメリケーヌ
焼き立てパン
デザート：マロンシャンティ
コーヒー

以上に決まった。


ソファー席に移ったエマさんは、ウーパーが買ってきた食後酒を飲んでご機嫌だった。

「うふふ、もう一杯いただいちゃおうかしら。オーベルジュはお酒をたくさんいただいても、部屋で休めるから便利よね」

すぐにウーパーがお代わりを注ぐ。琥珀色の液体がグラスを満たし、ろうそくの灯りを柔らかく反射した。島の夕べは優しく暮れていく。

「お料理もとても美味しかったし大満足だわ。次に来るときは三泊くらいしたいものね。いっそここに住んでしまいたいくらい」

エマさんはそう言ってくれたけど、僕のステータス画面は開かなかった。もしエマさんがこの島の住人になる運命の人なら、何らかの反応があってもいいはずだ。

まだ時期が早いのか、それとも、彼女はこの島の住人にはならない人なのかもしれない。とにかく、新しい施設を建てられるような気配はなかった。

エマさんはいい人そうだからちょっと残念だけど、多くを望みすぎるのはよくないだろう。オーベルジュの常連として、ガンダルシア島を愛してくれれば、それで十分だという気もしている。

このように宿泊客が増えてくれれば僕の未来も安泰だ。ヤギと鶏の購入は先延ばしになってしまったけど、計画はのんびりと進めていけばいい。そんな風に考えていた。

◆

翌日、エマさんは満足そうな、それでいてちょっと寂しそうな笑顔でチェックアウトした。

「楽しい時間はあっという間に過ぎてしまうわね」

「ぜひ、また来てください。そのときはもっといろんな場所を案内しますよ」

「ええ、必ずそうするわ」

「これをどうぞ、お土産です」

リンが作ったリンゴと洋ナシのコンポートを一瓶ずつ渡した。

「ありがとう、これ大好きなの！」

「暗い所に置いて蓋さえ開けなければ半年くらいはもちますけど、なるべく早く食べてくださいね」

「え、半年ももつの!?」

エマさんはびっくりしている。そう、この世界ではまだ瓶詰が一般的ではないのだ。もちろん缶詰も存在しない。

そもそも、細菌が食べ物を腐敗させることすら、誰も知らないのだ。それはノワルド先生のような知識人でさえも同じで、腐敗の理由をきちんと説明できる学者はどこにもいなかった。

だから、僕が瓶を煮沸して滅菌し、初めて瓶詰を作ると、ノワルド先生は非常に驚いていた。細菌の話をしたら、僕を抱きしめて涙を流して喜んでいたくらいだ。

「半年も腐らないなんて、ちょっと信じられないけど、ありがたくいただくわね」

エマさんは喜んで瓶詰を鞄にしまっていた。そして、少し考えてからおもむろに10万クラウン金貨をカウンターの上に置いた。

「あ、お代は1万5千クラウンです。8万5千クラウンのおつりなんてあったかな……」

「おつりはいいわ。それよりも、私の話をよく聞いて。今日から三十日後、私はこの瓶詰を開けてみるわ。もしそのとき、コンポートが腐っていなくて美味しく食べられたのなら、同じものを百個……、いえ、三百個注文したいの」

「瓶詰を三百個ですか……?」

「そうよ。おつりは手付けみたいなものね。もし、他から注文が来たとしても優先的に売ってもらいたいから」

保存のきく瓶詰を大量購入するということは……。

「エマさんはこれを船乗りに売るつもりですか？」

「よくわかったわね！　実はそのとおりなの。昨日橋のところで商売がうまくいっていないという話をしたでしょう」

「ええ、聞きました」

「あれはね、私の所有する船の船員に病人が続出したの」

「壊血病や脚気《かっけ》ですか？」

「まさにそれ。おそらく、新鮮な野菜や果物が尽きてしまったからね」

「ビタミン不足か……」

「え、ビタミン？」

壊血病や脚気に野菜や果物がいいのは経験的に知られているけど、この世界ではビタミンの存在は認知されていないのだ。

「なんでもありません」

「とにかく、この瓶詰があれば船員たちが壊血病を起こさずに済むかもしれないわ」

「なるほど……。わかりました、瓶詰はエマさんに優先的に売りますよ。問題は三百個ものガラス瓶をどうやって調達するかですが」

この世界ではガラス瓶は貴重で、流通量も少ないのだ。今ある十個はサンババーノで買い占めてきたものだった。

「そういうことなら、瓶はこちらで手配するわ。その分だけ値引きはしてもらうけど。私たちはいいビジネスパートナーになれそうね」

エマさんは少し興奮しながら僕の手を握った。なんだか忙しくなりそうな気がするけど、それは心地の良い興奮だった。

ガンダルシアで作った製品がよく売れ、人々の役に立つのなら、それは喜ばしいことだった。

——Event 6　新年をカレーで祝う——

これは少し前のお話。ガンダルシア島が新年を迎えた日の出来事だ。

僕とシャルはコテージで向き合い、丁寧なあいさつを交わした。

「父上、あけましておめでとうございます！」

「おめでとう、シャル。今年もよろしくね」

「はい、よろしくお願いします。父上、そろそろ、花火を……」

待ちきれないといわんばかりにシャルは手をウズウズさせている。

この地方では新年の朝に花火を上げて祝うのが習わしなのだ。パンパンと大きな音を鳴らして、悪霊や魔物を追い払ったのが起源とされている。

花火はノワルド先生に教わって僕が自作したよ。材料は洞窟でとれたものやサンババーノで買ったもので揃えた。実験ではうまくいったけど、本番も大丈夫かな？

「父上、早く、早く！　ほら、ルールーたちも来ましたよ」

コテージ前の広場には島の住民たちが集まりだした。みんな新年のあいさつを交わしに来てくれたのだ。

「よし、盛大に新年を祝うとしよう」

「やるであります！」

僕らは表へ飛び出した。

新年のあいさつが済むと景気よく花火を鳴らした。広場にはやぐらが組まれ、キャンプファイヤーが燃えている。

突如、広場にファンファーレが鳴り響いた。陽気な妖精さんが浮かれ気分でやってきたようだ。

「あけましておめでとう、ポルックだよ！」

紫の煙が弾けて空中にポルックが現れた。

「おめでとう。ポルック。今年もよろしくね」

「今年もいろいろなイベントを用意して島を盛り上げていくからな！　それでは新年一発目のイベントはこれだぁ！」

クエスト：新年のカレー祭り　力を合わせて大鍋にカレーを作ろう。

報酬　：豊穣の女神の祝福により、このカレーを食べると冬の間風邪をひきません。
しかもライスをプレゼント！

「この場所には豊穣の女神の祝福が集まってくるよ。ここでカレーを作るんだ」

ポルックが広場の真ん中を指さすと、大きな寸胴鍋が出現した。業務用の鍋らしく深さは五〇センチくらいありそうだ。これなら数十人分のカレーを作れそうである。

「カレーってなに？」

最初に質問したのはリンだった。料理に対する好奇心が人一倍強いだけある。

「これを使ったシチューみたいなものだよ」

リンにカレーの実を渡すと、匂いを嗅いだり、つまようじの先っぽ分くらいを口に含んで味を確かめたりしている。

「なんておもしろいの……。これ、いろんなスパイスが入っている」

「さすがはリンだね。カレーって本来はいろんなスパイスを組み合わせて作るんだけど、カレーの実は皮をむいて鍋に入れるだけで作れてしまうんだ」

市販のカレールゥみたいだよね。カレーの作り方を説明するとリンはすぐに理解してくれた。

「料理なら私に任せておいて。さっそく作ってみましょうよ」

リンの言葉にみんながうなずいている。カレー作りは、みんなでお正月を祝うのにちょうどいいもんね。

「必要なのは食材とかまどと燃料だよね。野菜は僕の家にストックがあるし、畑のジャガイモとニンジンが収穫できるよ。ただ、肉はないからなあ……」

ルールーが訊いてくる。

「カレーというのは肉じゃないとダメですかぁ？　魚介なら私が用意できますけどぉ」

そういえばシーフードカレーというものもあったな。

「大歓迎だよ！　エビやイカ、ホタテを入れたって美味しいんだ。房総でサバカレーを見たこともあるよ」

「ボウソウ？」

あ、えーと……そんな地名が記憶をかすめただけなのだ。

「書物の中の話ね……」

「そういうことですかぁ。それでは私は食材を獲ってきます」

ルールーは海岸の方へ駆け出した。これで魚介類は何とかなるな。あとは燃料だけど……。

「燃料なら私に任せてもらおう。開発したばかりのものがあるのだよ。これを使えば火力が安定して煙も出ない」

先生も燃料を取りに家へ戻っていった。

「シャルは？　シャルはなにをすればいいでありますか？」

「力もちのシャルにはかまどの用意をお願いするよ。かまど用の石を切り出して運んでほしいんだ」

「了解であります！」

「俺も手伝うぜ」

シャルだけだとちょっと心配だけど、ウーパーが補助してくれるのなら問題ないだろう。

僕はカレーの実を探してこなければ。持っているのは七個だけなので、これだと五人分に満たない。星形の窪みを探しまくってみよう。

コテージから洞窟までの道を歩いた。いつもより星形の窪みが多い気がする。これもきっとお正月効果なのだろう。それともイベント効果で補正されているのかな？

二十個の窪みを見つけたけど、そのうち十七個がカレーの実だった。残りの三つは、マホーン帝国の銀貨、火打石、根の出た栗だった。

根の出た栗は穴を掘って埋めておくと栗の木になるのだ。せっかくだからコテージの近くに植えるとしよう。

栗ってとんがっている方が頭だと思っていたけど、こっちがお尻だったんだね。根はとんがっている部分から出ていた。


カレーの実を持って帰ると、すでにかまどは出来上がっていて、火が赤々と燃えていた。リンが切った野菜と魚介を鍋で炒めている。

「セディー、カレーの実はあった？」

「たくさんあったよ！　みんながお代わりしてもじゅうぶん足りるくらいね」

水と白ワインで煮込んだ具材にカレーの実を入れると、スパイスの芳香がガンダルシア島を包んだ。

「ち、父上、いい匂いであります……」

「シャル、よだれを拭いて」

シャルだけではなく、ルールルーも、ウーパーも、ノワルド先生さえも、出来上がりを待ちきれない様子で眺めている。

　リンはその様子を横目で見ながら一口味見をした。

「うん、これはすばらしい！　みんな、お皿を持って並んでおくれ！」

　僕たちはカレーに舌鼓を打ちながら改めて新年を祝った。前世の記憶を含めて、これほど美味しいカレーを僕は食べたことがない。みんなで作るカレーはそれくらい最高だった。

Chapter7
新しい名産品

Tips

ロックされた施設の
解放条件は一つとは限りません。
その施設が大きくなればなるほど
解放の条件は厳しくなります。

エマさんが帰った次の日、僕は菜園の横に家畜小屋を作製した。正面に金網が張られた鶏小屋と、四方が囲まれたヤギ小屋の二つだ。

小屋の周りは柵で囲まれていて、動物たちはそこに放すことができる。小屋の横には飼料を入れておく物置もついていた。これでいつでもヤギや鶏を受け入れることができるぞ。

「シャル、今日はポール兄さんの牧場へ行くよ」

「ついにプリンとカスタードクリームを買うのですね！」

「ヤギと雛鶏だって……」

「わかっております。ヤギたちはシャルが心を込めて世話をするであります！」

動物を飼うのは初めての経験だから興奮しているのだろう。シャルは鼻息も荒く、準備を始めた。

「おいおい、まさか二人だけで行くつもりじゃないだろうな？」

そう訊いてきたのは心配性のウーパーだ。

「そのつもりだよ」

「馬鹿言ってるんじゃねえ。子どもだけで街道を歩かせられるか。俺も一緒に行くからな！」

相変わらずの過保護である。

街道はまれに盗賊が出没するのでウーパーの心配も杞憂というわけじゃない。でも、ポール兄さんの牧場までは歩いて二時間くらいだし、街も近いので変な輩は少ないのだ。

「シャルが一緒だから大丈夫だよ。胡椒爆弾だってたくさんあるんだから」

サンババーノの姉妹喧嘩は終結していなくて、僕の顔を見るたびに胡椒爆弾を売ってくれとうるさい。争いに加担したくないので買い取りを頼むこともできず、胡椒爆弾の在庫はたくさんあった。

「だけどよぉ……」

「今日は宿泊の予約が二組入っているでしょう？　僕の護衛よりも、そっちの仕事をお願いね」

ランチを食べに来た行商人が、帰りに泊まると予約をしてくれたのは昨日のことである。いよいよ宿泊客が集まってきたのだ。ここは支配人に頑張ってもらわないと。

「わかったよぉ……」

ちょっと拗ねている戦場の死神はなんだかおもしろかった。


架け橋を渡って街道を歩く前に、僕は新しく立てた看板をチェックした。

ガンダルシア島へようこそ
美味しい食事と清潔なお部屋のオーベルジュがございます。
温泉の日帰り入浴も大歓迎です。
（入浴料　400クラウン）

白い板に青と赤のペンキで僕が文字を書いた。横幅は二メートル、縦も一メートル近くあるから、道からもよく見える。この看板でお客さんが増えてくれるといいな。

「よし、曲がっていないな」

看板はガンダルシア島の顔だから、きちんとしておきたかった。

「まっすぐでありますよ」

シャルと二人で確認してから、僕らは街道を歩きだした。

海からの風は冷たかった。

ポール兄さんが受け継いだ村々や牧場はダンテス領の内陸部にある。こちら方面に来るのは屋敷を出て以来久しぶりのことだった。

長い坂道を上って僕は少しだけ息が切れたが、シャルはまったく疲れた様子を見せていない。さすがは黄龍の子どもだ。

僕らはしりとりをしたり、おもしろい形の雲で想像を膨らませたりしながら街道を歩いた。


ポール兄さんの牧場はすぐにわかった。目印となる大きな厩舎が並んでいたし、広大な敷地にはたくさんの馬が走っていたからだ。

この世界における交通の主役は馬なので需要はたくさんある。値段は120万クラウンから400万クラウンくらいが相場かな。日本で言えば、ちょうど自家用車のような価格帯だろう。

それより安いものとなるとロバが多い。こちらは軽自動車みたいなものだ。行商人などはロバに小さな貨車を引かせていることが多い。いずれにせよ、大きな買い物ではある。

きっとポール兄さんの稼ぎは悪くないのだろう。年齢が上な分、僕よりはだいぶましな遺産を受け継いだようだ。

牧場の向こうに大きな屋敷が見えた。あれがポール兄さんの家のはずだ。屋敷の前は広いロータリーになっていて大きな馬車が横付けされている。

「あれは、ダンテス家の紋章じゃないか」

黒塗りの馬車には、薔薇が添えられた王冠を守る二頭の狼が描かれている。小さいころからいたるところで見てきた実家の家紋だ。

でも、あの紋章を使えるのは当主であるアレクセイ兄さんだけだぞ。ポール兄さんが使おうものなら罰せられてもおかしくない。下手をすればお家騒動として領内が大騒ぎになってしまう大事件だ。

ドキドキしながら歩き進むと、真相はあっけなくわかった。玄関前でアレクセイ兄さんとポール兄さんが立ち話をしていたのだ。つまり、この馬車はアレクセイ兄さんのものだったのである。

ポール兄さんはすぐに僕の姿を認めて小さく手を上げた。

「よお」

それにつられてアレクセイ兄さんも僕を見る。

「……………ああ、セディーか」

僕の名前が出てくるまでかなりの時間がかかったぞ。きっと僕のことなんて記憶の彼方へ飛んでいたのだろう。

「ちゃんと暮らしているのか？」

「まあ、なんとか……」

「そうか、しっかりやれよ。では、これで帰る。ポール、馬のことは頼んだぞ」

それだけ言ってアレクセイ兄さんは馬車に乗り込んだ。砂埃をたてて黒塗りの馬車は遠ざかっていく。

「アレクセイ兄さんは何の用だったの？」

「馬を買いに来たんだ」

「そういえば、兄さんは名馬に目がなかったね……」

伯爵を継ぐ前からよく馬を買っていたのをおぼえている。金持ちのボンボンが高級スポーツカーを欲しがるようなものだ。

１５００万クラウンはするような馬を買ったこともあったもんなあ。そのせいで父上に叱られたことさえあったのだ。

「いい商売ができた？」

そう訊くと、ポール兄さんは苦笑した。

「７００万で売れそうな雄を４５０万で買いたたかれたよ。これでも頑張ったんだがな」

開いた口がふさがらなかった。

「そんな顔をするな、セディー。この地で商売をするならアレクセイ・ダンテス伯爵には逆らえないさ」

ポール兄さんはアレクセイ兄さんを伯爵と呼んだ。他人行儀にふるまうことで自分の気持ちに区切りをつけているのだろう。

「ところでどうした？　わざわざ訪ねてくるなんて」

「お金ができたからヤギと雌鶏の買い付けに来たんだよ。ガンダルシア島の領主は値切ったりしないから安心して」

軽い冗談を言うと、ポール兄さんは珍しく笑顔を見せてくれた。

「とにかく家に入って何か飲んでいけ。シャルロットも入りなさい」

「ありがとうございます、伯父上！」

相変わらずぶっきらぼうだけど、ポール兄さんは優しかった。


家に入るとさっそく支払いをすませた。

「よく金を用意できたな」

「島の運営は順調なんだ。食堂は繁盛しているし、今度はオーベルジュも作ったんだよ。温泉も改修して入浴料が取れるようになったから、今後はもっと発展すると思う。それにね、ひょっとしたら大口の注文が入るかもしれないんだ」

僕は果物の瓶詰と自家製アロマの話をポール兄さんにした。兄さんは黙って僕の話を最後まで聞き、重々しくうなずく。

その姿はなんだか父上に似ていた。三人兄弟の中でいちばん父上に似ているのはポール兄さんかもしれない。

僕は亡くなった母上に似ているそうだ。ちなみに僕の母上は後添いで、アレクセイ兄さんやポール兄さんの母上とは別の女性だ。

二人が僕に余所余所しかったのは母親が違っていたからかもしれないな。

「暮らし向きが安定したのならよかった。前も言ったが、近いうちに様子を見に行くつもりだったのだ」

「お友だちとご飯を食べに来てくれるという話でしたよね」

「うむ……」

ポール兄さんの顔色が曇った。

「どうしました？　もし都合が悪ければ――」

「そうではない。ただ、島の経営が順調なことはアレクセイ兄さんの耳には入らないように気をつけろ。なるべく人に言わない方がいい」

「どうして？」

「兄さんならお前の島を横取りしかねない……。書類上ではセディーの島になっている。それは俺も確認した。だが金になると知れば、兄さんは強引な手を使うかもしれないからな」

「そんな……」

「まあ、心配するな」

「うん……」

そうは言われても不安は収まらなかった。せっかく住みやすくなったのに島を取られるのは嫌だからね。

ヤギと鶏は後日届けてもらえることになり、僕とシャルはお昼ご飯をいただいてからガンダルシア島へ戻った。

数日後、ポール兄さんからヤギ一頭と鶏四羽が届けられた。最初は心配したけれど、どちらも家畜小屋で元気にしている。

ストレスがたまるとヤギは乳を出さなくなるし、鶏は卵を産まなくなると聞いていた。ところが、どの動物ものびのびと暮らし、ヤギは毎日四リットルもの乳を、雌鶏もすべて毎日卵を産んでいる。

これ、特殊なことだよね？　たぶん、ガンダルシア島の特別な力が働いて、動物たちの健康と生産力を高めているのだろう。

鶏は畑の虫をついばんでくれるし、ヤギは沿道の草を食べてくれるのでとても助かっている。卵とヤギ乳はリンが美味しく調理してくれるので、僕もシャルも大喜びだ。

オーベルジュに来るお客さんの食事にも活用しているよ。新鮮な卵はもっと欲しいから、お金ができしだい鶏を追加注文するつもりだ。

ぜんぶで二十羽くらいは飼いたいな。自分で繁殖させれば数を増やせるだろうか？　そのあたりは今後の課題だ。

◆

島での日々がさらに進んだ。宿泊客は順調に増えている。当初、自分が支配人をやったらお客さんが怖がるんじゃないか、とウーパーは心配していたけど、結果はまったく逆だった。

マダム層を中心にファンがつくくらいの人気者になってしまったのだ。キャーキャー言われて、困ったウーパーが頭をかき、その姿を見てマダムたちがまた黄色い声を上げる、そんな光景がオーベルジュではよく見られる。

「私はかわいいセディー君の方がいいけどね」

一か月ぶりにやってきたエマさんはそんな軽口をたたいた。

「からかわないでくださいよ」

「父上はかわいいのであります！」

僕が褒められて嬉しいのか、シャルもご機嫌だ。

「シャルの方がずっとかわいいよ」

と言ったら、ますますご機嫌だった。

外は寒かったので、今日はエマさんに温かいハニージンジャーレモンをお出しした。

でも、ガンダルシア島でハチミツを採るのはけっこう危険だったよ。ここでは養蜂じゃなくて、木にできたハチの巣から直接ハチミツをゲットするからだ。

ノワルド先生から借りた書物の中に『眠り香』というものを見つけたので、僕はそれを使ってハチの巣を採っている。本来は魔物を眠らせるためのお香なのだが、ミツバチにもよく効くのだ。ミツバチが寝ている間に蜜をもらうんだけど、たまに眠っていないのもいて追いかけ回されるなんてこともある。

「美味しくて体が温まるわね。本当にこの島は不思議なものがたくさんあるのね」

「喜んでもらえてよかったです」

飲み物を飲んで落ち着くと、エマさんは本題を切り出した。

「今日来たのは正式にセディー君と契約を結ぶためなの」

「というと、あれですか？」

「きのう、洋ナシの瓶詰を食べたの。それにリンゴも。信じられないけど、本当に傷んでいなかったわ！」

エマさんは興奮していた。

「開封するときは船乗りの叔父にも来てもらったのだけど、びっくりしていたわ。叔父は甘党だから相当気に入っていたわよ」

「ということは……」

「ええ、コンポートの瓶詰を正式に購入しようと思うの。半年ももつのなら長い航海に持っていくのに最適ですもの。叔父も旅の楽しみが増えるって喜んでいたわ」

「洋ナシとリンゴだけでいいですか？　他にも作れそうな気がするけど……」

僕がつぶやくと、リンが厨房から顔を出した。ずっとこちらの話が気になっていたらしい。

「栗のシロップ煮も作れるよ！」

「まあ、それも美味しそうね！」

エマさんも乗り気だ。僕はここでふと思いつく。

「要するに保存食が欲しいわけですよね？」

「そうよ。美味しい保存食がね」

だったら、あれもいいんじゃないかな。

「リン、コンフィは作れる？」

「私を誰だと思っているんだい？　どこよりも美味しい鴨のコンフィを作ってあげるわよ！」

コンフィとは低温の油で食材をじっくり煮込んだ料理のことだ。代表的なのは鴨のコンフィなど。もともと保存食だけど、消毒滅菌した瓶に空気が入らないようにオイルを充塡すれば、賞味期限はさらに延びるだろう。

「エマさん、いかがですか？　デザートだけじゃなくて主菜も作れそうですが」

「絶対に売れると思う！」

唐突にステータス画面が開いた。また、何か変化が起こったようだ。

食品加工場の作製：解放条件が一部解除されました！
達成条件：商人と島の産物の輸出について契約を結ぶこと。
未達成：二人の従業員を確保しましょう。
必要ポイント：7

食品加工場には煮沸消毒のための大釜や、各種の機材がそろっているようだ。すぐにでも作りたいところだけど、従業員を集めなくてはならないのか……。島民にはそれぞれ仕事があるから、今のところ手の空いている人は誰もいない。

もう少し様子を見るしかないようだ。


納品の個数、瓶や木箱の搬入など、いろいろ話し合っているうちに外はすっかり暗くなってしまった。エマさんは今夜、うちの宿に泊まることになっている。

「お食事になさいますか？　それとも先に温泉に入りますか？」

「さっぱりしてからご飯をいただくわ。リンの料理がとても楽しみ」

「では、お風呂まで送りますね」

外はもう上着が手放せないほど寒くなっていた。だけど、エマさんは驚きで寒さを忘れたように立ち尽くしている。

「これは……」

暗いはずの夜道は暖かくメローな光で溢れていたからだ。

「魔導ランタンを使った街灯ですよ」

街灯は十五メートルおきに設置されて、夜の道を明るく照らし出している。こう言っては何だが、対岸に見えるルボンのメインストリートより明るいくらいなのだ。

街灯は道に設置できるオブジェ一覧から選択して僕が設置したものである。消費ポイントは一本につき3だったけど、少しずつ増設して、架け橋からコテージ、コテージからオーベルジュ、オーベルジュから温泉までは暗い箇所がないようにしてあった。毒蜘蛛などの危険生物だって出没するからね。

「驚いたわ。前に来たときはこんなのなかったのに……」

「夜も安心して温泉まで行けるようにしました。星空を眺めながらの露天風呂もいいものですよ」

「ガンダルシア島は来るたびに驚かされるわね」

まだまだこれからですよ、と僕は心の中でつぶやく。僕のアイランド・ツクールはまだまだ始まったばかりなのだから。

◆

少しだけ風の強い夜のことだった。僕はノワルド先生に出された課題に取り組んでいた。週末には魔法薬のテストがあり、それに向けて勉強中なのだ。

シャルは一足先にベッドに入り静かな寝息を立てている。

「父上、アップルパイでありますぅ……、ムニャムニャ……」

シャルが蹴飛ばした毛布を掛け直してから、僕は机に戻った。今夜はもう少しだけ頑張る予定だ。

眠気覚ましの紅茶を一口すすり、『魔法薬の素材』という本に目を落とす。ガンダルシア島で採れる薬草の種類は豊富だ。それらの姿かたち、効能を暗記していく。

菜園のレベルが上がれば薬草園も作れるようになる。いずれはそんなものを作ってもおもしろいかもしれない。

「ふぁああ……」

あくびをかみ殺しながら本を読み続けていたら、扉がノックされた。こんな時間に誰だろう？

僕は用心しながらドアまで来た。

「誰？」

「俺だ、ポールだ」

ポール兄さん！　おかしいな、兄さんがレストランを予約しているのは三日後だぞ。しかもこんな時間に来るなんてただ事ではない。

ドアを開けると、外にはフードを被った四人の人が立っていた。一人はポール兄さん。そのすぐ後ろにいる初老の夫人は……。

「セディー坊ちゃま……」

「メアリー！」

懐かしい顔に涙が溢れそうになる。そこにいたのは僕の乳母、優しいメアリーだった。しかもメアリーの息子たちまで一緒である。息子たちといっても年齢はポール兄さんと同じくらいで、僕よりはずっと年上なんだけどね。

四人の表情は暗く、なにかよくないことがあったのだろうと、簡単に想像できるほどだった。

「ドウシルとカウシルも来たの？　いったいどうして？　とにかく中に入ってよ。外は寒いから」

コテージに入ると、メアリーはさっと部屋の隅々に目を配った。

「これがセディー坊ちゃまのお住まいですか……」

メアリーは切なげにため息を漏らした。きっと僕の境遇を憐れんでいるのだろう。

コテージは一軒家だけど、僕が屋敷で使っていた部屋より狭く、内装は比べ物にならないくらい質素だ。それくらいダンテス家の屋敷は大きかったたってことだね。

メアリーにしてみれば、僕が落ちぶれてしまったように思えたのかもしれない。

「これでも住み心地はいいんだよ。さあみんな、座って座って。今、紅茶でも淹れるから」

飲み物を用意しようとする僕をポール兄さんが止めた。

「まずは話を聞いてくれ。セディーも座るんだ」

ポール兄さんに促されて、僕も椅子に腰かけた。

「こんな夜中に訪ねてきてすまない。実は少々厄介なことが起きた。メアリーが屋敷から追い払われてしまったのだ」

「どうして!?」

メアリーは声と体を震わせながら、そのときのことを説明してくれた。

「旦那様と家令のセバスチャンの会話を立ち聞きしてしまったのです……」

その日、メアリーは書斎の掃除をしていたそうだ。本棚の埃を拭いているところにアレクセイ兄さんとセバスチャンが入室してきた。

二人は部屋に誰もいないと思ったのだろう。低い声で会話をしながら入ってきたそうだ。そのとき、こんな言葉をメアリーは聞いてしまった。

「あれはセディーのものになるはずだったが、私の手元に置いておいて正解だったな」

「今月の純利益は100万クラウンを超えております」

それだけの会話だったのだが、メアリーと目が合ったアレクセイ兄さんは非常に気まずそうな顔をしていたらしい。そして、怒ったようにメアリーに退出を命じたそうだ。

「わたくしがお暇を出されたのはその翌日でした。理由は特におっしゃいませんでした。ドウシルとカウシルも同様でございます」

二人の息子もダンテスの屋敷で働いていたのだけど、やっぱり突然首になってしまったそうだ。

「ひどいよ、三人ともずっとよくやってくれていたのに」

ポール兄さんは苦しそうに打ち明け話をした。

「遺言状の改ざんがあったのだ。本来セディーが受け取る遺産を、アレクセイ兄さんが着服してしまったのだ」

「やっぱりそういうことだったんだね……」

父上は僕にあまり関心を示さなかったけど、無人島一つしか遺してくれないほど意地悪な人間ではなかった。おかしいと思ったんだよ……。

「すまない、セディー。俺はその事実を知りながらも、アレクセイ兄さんを止められなかった」

「もういいよ、兄さん。相手は伯爵の身分を受け継いでいるんだもん。僕が知っていたってどうにもできなかったと思う。ただ、メアリーたちを追い出したことは許せないけどね」

「アレクセイ兄さんも後ろめたかったのだろう。とにかく、行き場を失ったメアリーたちは俺を頼ってきたんだ」

きっと藁にも縋る思いだったのだろう。

「俺としてもメアリーには世話になっているし、牧場の働き手も欲しい。喜んで世話をしてやりたいところだが一つ問題がある」

「それは？」

「お前も知っているだろう、俺のところは兄さんの出入りがある」

そうだった。アレクセイ兄さんは名馬に目がないから、しょっちゅうポール兄さんのところに来ているのだ。下手をすると目をつけられかねないという心配があるわけだ。

「というわけでここに来た。どうだろう、セディーのところに置いてやれないか？」

メアリーは不安そうな顔で僕を見ている。思えば僕はずっとこの人に守られて育ってきた。今度は僕がメアリーを守る番だ。

「メアリーなら大歓迎だよ。ドウシルとカウシルもね。今夜はもう遅いから、とりあえずオーベルジュに泊まって。今後のことは明日話し合おう」

「ありがとうございます、セディー坊ちゃま。あんな小さかった坊ちゃまがこんなに立派になられて……」

メアリーは涙ぐんでいた。島での仕事も増えてきたからメアリーたちの生活も何とかなるだろう。

僕は喜んでメアリー一家を迎えた。みんなが助け合って幸せに暮らしていける理想郷、それがガンダルシアの目標なのだから。

――Side　そのころアレクセイ・ダンテスの屋敷では――

アレクセイは執務室の仕事机の前に座り、家令のセバスチャンから報告を受けていた。

「メアリーたちは屋敷を出たのだな」

「はい。昨日出ていきました。おそらくはポール様を頼ったかと」

「それはもうどうでもいい。次に雇うのはもう少し若いメイドにしてくれ」

「承知しました」

アレクセイは会計書類に目を通していく。

「うん？　先日話にあったドライフルーツと塩漬け肉の販売はどうなった？」

「それが、あの話は立ち消えになりまして……」

「どういうことだ？　先方にはサンプルを送ったのだろう？」

「そうなのですが、もっと美味い保存食が見つかったので、こちらの商品はいらないとのお返事でした」

アレクセイは立ち上がり怒りのままに机をたたいた。

「バカな！　納入先はグランリッツ提督だぞ！　今回は小規模の取引だが、気に入ってもらえれば海軍が買ってくれる可能性もあるのだ。最高品質のものを納入しろと私は命じたはずだぞ！」

アレクセイの怒りにセバスチャンは身をすくめる。

「もちろん、見栄えも味もいちばんいいものを納めました。そのうえで提督からお断りの書状をいただいたのです」

「より美味い保存食か……。シンプソン領あたりの商人がうまいこと取り入ったのかもしれんな」

「それが……」

もじもじしているセバスチャンをアレクセイは睨んだ。

「どうしたというのだ？」

「あくまでも噂でございますが、グランリッツ提督が気に入ったのは、セディー様が作られた商品という話でして……」

「セディーだと？　あそこは無人島ではなかったのか？」

「そうでしたが、最近になってレストランができたそうです。街道を行く旅人にも評判のようでして。おそらく、そこのシェフが保存食を考え出したのではと……」

「ふーむ……。よし、少し探りを入れてみろ」

「と、おっしゃいますと？」

「兄が弟の心配をするのは当然ではないか。奴がどんな暮らしをしているのか、人を遣って調べるのだ」

「承知いたしました」

アレクセイの表情は弟を心配するようには見えなかったが、セバスチャンは深々とお辞儀をした。

◆ガンダルシア島ステータス◆

島Lv.2

各種施設 (Lv.)

- 小さなコテージ(2)
- 家庭菜園(1)
- 小さな井戸(1)
- 家畜小屋(1)
- 桟橋(1)
- 漁師小屋(1)
- 小規模な洞窟(1)
- 錬金小屋(1)
- 架け橋(1)
- オーベルジュ(2)
- 小さな温泉施設(2)
- 石畳の道(1)
- ❗食品加工場

住　人 5人

ルールー
〈漁師〉

シャルロット
〈黄龍〉

ノワルド
〈錬金術師〉

リン
〈料理人〉

ウーパー
〈宿の支配人〉

アイランド・ツクール

ISLAND MAKER

領主

セディー・ダンテス　Lv.4

保有ポイント　20/50

幸福度　96/100

所持金

120,000クラウン

習得スキル

- 火炎魔法
- 剣
- 農業
- 釣り
- 錬金術
- 料理

あとがき

このたびは『アイランド・ツクール① 転生したらスローライフ系のゲームでした。のんびり島を育てます』をお読みいただきありがとうございました。まだ読み終えていない方はどうぞ楽しんでください。

また、この本を出版するにあたり、イラストレーターのsyow先生、ご尽力いただいた関係者の皆様に御礼申し上げます。ありがとうございました。

突然ですが、私は島を舞台にした物語を書くのが好きです。島、いいですよね。秘密基地感があるじゃないですか。

かつて『サンダーバード』というイギリスのテレビ番組がありました。人形劇による特撮番組です。

内容は、「世界各地で発生した事故や災害で絶体絶命の危機に瀕した人々を、『国際救助隊』(IR—International Rescue) と名乗る秘密組織がスーパーメカを駆使して救助する活躍を描く物語である (ウィキペディアより抜粋)」です。

イギリスでは一九六五年から一九六六年にかけての放送ですので私もリアルタイムで観たことはありません。ただ、友人のお父さんがサンダーバードの秘密基地のおもちゃを持っていました。それが『島』なんですよ。

おもちゃには様々なギミックが仕掛けられていて、島の随所にスーパーメカが隠されています。プールがスライドして、その下から飛び立つロケット。断崖の岩肌から発進する飛行機などなど、長野少年は時間も忘れて遊んだものです。思えばあれが、島好きの私の原点なのかもしれません。

思い出したら、なんだかおもちゃで遊びたくなってしまいました。ガンダルシア島の模型とか発売されないかなあ……。

最初はぼろい小屋しかない無人島なんだけど、それがコテージになり、畑ができて、栈橋や漁師小屋が建って、といった感じにグレードアップされるおもちゃです。洞窟内も鉱床や魔物のフィギュアなどで作りこんでほしいですね。

もちろん、スローライフ系のゲームのようなものも楽しいのですが、手に取れる楽しさというのも魅力的なものでございます。

皆様にも思い出のおもちゃがありますか？

今後、『アイランド・ツクール』のおもちゃが発売されるよう、どうぞ皆様のお力をたまわりますよう、よろしくお願いいたします。

長野文三郎

小説投稿サイト
小説家になろう
第6回
アース・スターノベル大賞
Earth Star Novel Awards 6th 2024
©Suzunosuke
※小説家になろうは、株式会社ヒナプロジェクトの登録商標です。
※第6回アース・スターノベル大賞はアース・スターノベル、アース・スタールナと小説家になろうの合同企画です。
詳細はこちらから